ママレード・ボーイ

映画ノベライズ みらい文庫版

吉住 渉・原作
はのまきみ・著
浅野妙子 廣木隆一・脚本

集英社みらい文庫

人物相関図

居

小石川家

小石川 仁
光希の父。銀行に勤めている。

離婚

小石川留美
光希の母。化粧品メーカーに勤めている。

再婚

小石川光希
桐稜高校に通う素直で明るい女の子。テニス部に所属。常識はずれな両親から提案された同居生活には反対してたけれど……。

かれあう

昔、告白して振られた？

親友

好き

秋月茗子
光希の親友でクラスメイト。キレイな容姿と大人っぽい性格をしている。両親の関係が冷えきった家庭で育つ。

クラスメイト

須王銀太
光希とは、中学生時代からの同級生で、現クラスメイト。まっすぐで一途な性格。テニス部に所属。

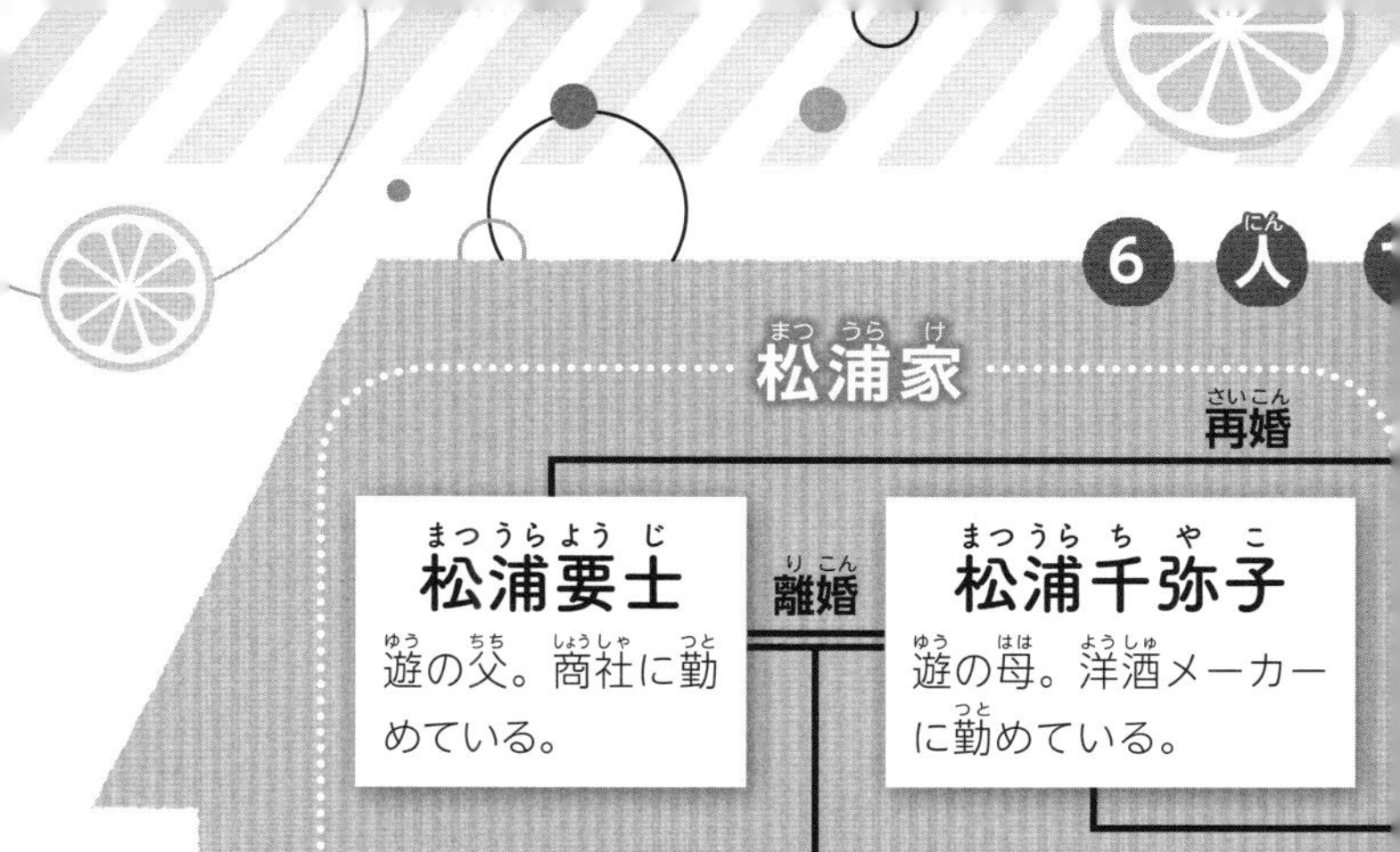

6人

松浦家

再婚

松浦要士

遊の父。商社に勤めている。

離婚

松浦千弥子

遊の母。洋酒メーカーに勤めている。

松浦 遊

甘いルックスで、頭脳明晰、スポーツ万能気さくな性格のように見えるけれど、光希にはクールな一面も見せる。建築家希望。

おたがい

元カノ

今も好き

鈴木亜梨実

遊の元彼女で、気の強い美人。三ヶ月限定で付き合っていたけれど、遊に振られた。

名村慎一

光希たちの学校の先生。英語を担当する。

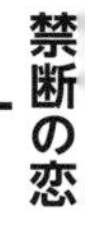

プロローグ

「あのね、光希。おどろかないで聞いてほしいんだけど、私たち、離婚しようと思うの♥」

ある日突然、両親がにこやかに離婚を宣言。

「えっ？　なにそれ？　どーゆーこと!?」

小石川光希、桐稜高校三年生。

これが、受難の日々の幕開けだった。

1 パートナー交換!?

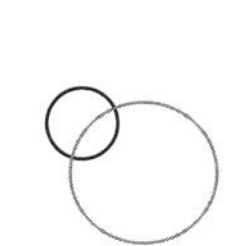

「もうやだ！　信じられない！」

小石川光希は、プンプン怒りながら学校の渡り廊下を歩いていた。

となりを歩く親友の秋月茗子が、冷静に聞きかえす。

「離婚してパートナー交換ってどういうこと？」

どういうことって、光希のほうが聞きたいくらい。

六月になって間もないある日、ハワイ旅行から帰ってきた両親が言いだしたのだ。

――私たち、旅行で同じツアーだった、松浦さんというご夫婦と意気投合してね。

――いっしょに行動しているうちに、ママは松浦さんと、パパはその奥さんと恋に落ちてしまったんだ。で、四人でいろいろ話しあった結果、パートナーを交換して再婚しようってことになったんだよ。

――とは言っても、私たちのあいだに愛情がなくなったわけじゃないのよ。

光希にしてみれば「はぁ!?」とツッコミたくなるような話だ。

わけがわからない。


「そうなの、茗子。そんな親、信じられる？」

「はじめて聞いた。っていうか、そんな人たち、ホントにいるんだ」

「もう！　いいトシしてトキメキとか言ってんじゃないっつーの」

「恋しちゃってるんだね」

怒っている光希とは逆に、茗子はむしろほほえましそうな顔をする。

しっかり者で清楚な美人の茗子がそう言うと、なんだかほほえましい話のような気がしてくるけれど……そんなわけはない。

「気持ち悪い！　いい大人が恋なんて！」

「大人でも恋するんだよ。好きになる気持ちが止められないっていうのはわかるよ」

光希には、さっぱりわからなかった。

勝手に離婚だの結婚だの。

ただただ迷惑なだけ。


すると、渡り廊下の向こうからテニスラケットを抱えた男子生徒がやってきた。

光希が気づいて声をかける。

「銀太」

クラスメイトの須王銀太が、こちらに視線を向けた。

「光希、コートが空いてるみたいだから、サーブ練習する?」

銀太と光希は、中学一年生のころから知りあいで、二人は硬式テニス部に入っていた。

「今日は無理」

「そうか、残念。練習試合も近いし、気合い入れねえとな」

「うん」

「じゃあ、明日」

体育会系男子の銀太は、さっぱりした性格で友だちも多く、いつも元気だった。

光希は「うん」と笑って手を振る。

しばらくして銀太が見えなくなると、茗子がぼそっと言う。

「相変わらず仲いいわね」

「バカみたい？　フラれた相手と仲よくしてる女なんて」

「そんなことないけど」

そうなのだ。

高校一年生のとき、光希は銀太にラブレターを出した。そしてフラれた。

教室にいた男子たちの前でラブレターを読まれたうえに、「光希のことはなんとも思ってない」と言われてフラれたのだった。

あまりにショックで、光希は教室を飛びだし、気づけば人の行きかう通りに立ちつくして、しくしく泣いていた。

次の日、いつもどおりに登校した光希は、銀太を見てびっくりしてしまった。銀太が髪を切り、坊主頭になっていたのだ。

席に座り、つらそうに顔をゆがめる銀太は、なんだか光希以上に傷ついているように見えた。

そのあと一年半以上、二人は口をきかず、気まずい状態がつづいていたけれど、ある日、銀太が何事もなかったようにふつうに話しかけてきた。

思わず光希もふつうに返事をしてしまい……今は友だちとして仲よくしている。

茗子ともっと話していたかったけれど、今日はのんびりしているわけにはいかなかった。

部活も休んであわてているのは、今晩、レストランで「お食事会」があるからだ。

出席するのは、光希の家族と、松浦さんという相手の家族。

これから離婚して再婚する二つの家族の、お食事会。

行きたくはないけれど、仕方がない。

帰宅すると、両親が上機嫌で待っていた。

光希は制服のままタクシーにほうりこまれる。

後部座席に、父の仁、母の留美と並んで座り、ぶすっとふてくされて窓に顔を向ける。

「私たちが離婚しても、光希は私たちの子どもに変わりないんだからね」

と、なだめる留美。

「俺たちも別に、仲悪くなったわけじゃなくて。もともと親友みたいな感じだったし」

と、仁もあっさりしている。これから離婚するというのに、二人とも楽しそうだ。

光希は返事をする気にもなれず、窓の外を見つめていた。

レストランは、おしゃれで落ちついた雰囲気だった。

ひとつのテーブルを囲んで、光希の家族三人と、松浦さん夫婦が座る。

まるでお見合いみたいだ。

「こんばんは。松浦要士です」

「はじめまして。千弥子です。よろしくね」

松浦夫婦が光希にあいさつをする。

二人は想像していたよりも、やさしそうでまともそうだった。それに光希の両親よりも、華やかな雰囲気だ。

松浦夫婦ににっこり笑いかけられたものの、光希のほうは絶対に笑顔になんかなるもんかと、むくれ顔でだまっていた。

「あの……ご両親から、聞いてるよね。僕ら二人とも、このあいだのハワイ旅行で知りあって、それで意気投合しちゃって。ね？」

「そうなの。私は仁さんと、要士は留美さんと。ね？」

そんなことはとっくに聞いている。

聞いているけれど、ぜんぜん納得していない。

光希はキッパリと言いはなった。

「私は反対です！」

すると、大人たち四人が顔を見あわせる。

「だよね。そりゃそうだよ。光希ちゃんの気持ちはわかる――」

と要士が取りなすも、光希の機嫌は悪いままだ。

「なれなれしく名前を呼ばないでください！」

「ごめんごめん。でもね、今日はせっかくこうして、話しあいのために集まったんだから、みんなでいい方向性を探れたらなって、思ってるんだけど」

「話しあいの余地なんかないです」

「まあ、そう言わずに。実は僕たちにもちょうどきみと同い年の息子がいるんだよ。『遊ぶ』って書いて、『ユウ』っていうんだけどね――」

要士が一生懸命に機嫌を取ろうとしても、光希は聞く耳を持たなかった。

イライラしてしかたがない。

「遊ぶ……。チャラそうな名前ですね」

と思わず光希が言うと、さすがに母の留美がしかる。

「光希！　失礼よ！」

するとそのとき、千弥子が入り口に向かってニコッと笑い、手を振る。

「あ、遊！　こっちよ」

（ユウ？　例の息子が来たってこと？）

むくれた表情のまま光希が視線を向けると、他校の制服姿の男の子が、すっとあらわれた。

背が高く、さらりとした柔らかそうな髪に、整ったやさしげな顔だち。

（なにこのイケメン!?）

光希の胸がドキンとはねあがり、思わずぼーっと見とれてしまった。

「ごめん、待った？」

遊はテーブルを囲む一同に、さわやかな微笑みを投げる。

「大丈夫よ。こちら、小石川仁さんと留美さん」

千弥子はうれしそうに息子をむかえ、光希たちを紹介しはじめた。

仁と留美が「こんばんは」と会釈する。

「それから、お嬢さんの光希さんよ」

光希がぎくりと固まっていると、遊が軽く会釈し、

「こんばんは」

と笑いかける。

まぶしいくらいのキラキラな笑顔だ。

光希はばつが悪くなってしまった。

「……どうも」

小さな声で言うと、顔をそむけるようにしてうつむいた。

やがてテーブルに、メインディッシュが運ばれてきた。

みんながなごやかに食事をつづける中、光希一人はむっつりとだまっている。なにを食べたって、味なんかしなかった。

そんな光希を見て、となりに座っていた母がからかうように言う。

「どうしたの、光希。急におとなしくなっちゃって。遊くんがあんまりイケメンだから？」

たしかに、遊を見てイケメンだとは思ったし、ドキッともしたけれど、そんなことで無口になったわけじゃない。

「な、なに言ってんの！　私はパパやママとちがって、一瞬で人を好きになるほど、軽くありませんからっ！」

それを聞いて、要士がのんきにうなずく。

「そうか。恋に慎重なんだね、光希ちゃんは」

なに言ってるの。恋だの慎重だの、そういう問題じゃない。

だって、どう考えてもおかしいでしょ。

会ったばかりで意気投合してパートナー交換なんて、めちゃくちゃすぎる！

「とにかく！　私は絶対反対です！」

光希が思わず立ちあがると、大人たち四人がふうっとため息をついた。

するとと遊が、お皿の上の肉をナイフで切りながら、ぼそっとつぶやいた。

「どうして反対なの？」

「え？」

「だから、なんで反対なの？　理由は？」

そう言われて、光希はきょとんとした。

てっきり遊も、光希と同じように反対していると思っていたのだ。

「……あなたは反対じゃないの？」

「俺はべつにかまわないよ。本人同士さえよければ、それでいいんじゃないの？」

遊はケロッとしてそう言い、もくもくと料理を口に運んでいる。

（こ……こいつ、変！　……もしかしたらこいつが一番変かも！）

家庭崩壊の危機だというのに平気な顔をして、どういう神経してるの？

これじゃまるで、私一人がわからずやみたいじゃない。

「とりあえずどうして反対なのか、落ちついて説明してみろよ」

遊がそう聞くと、光希は涙をこらえて静かに答えた。

「どうしてって――悲しいからだよ」

両親がはっとおどろいた顔をした。

松浦夫婦と遊も、おしだまって光希を見つめる。

「――パパとママが離婚して、それぞれべつの人と再婚して、私はどうなるの？　どっちに引きとられるの？　私には選べない……。どっちも大好きなんだもん。だから、別れないでずっといっしょにいてよ」

光希はなにも、わがままを言ってみんなを困らせたいわけじゃない。離婚した結果、べつべつに暮らさなければいけないことが悲しいのだった。

思いを打ちあけるうちに、光希の心はぎゅっと苦しくなっていった。

そりゃあ私の両親はちょっと変わっている。ぜんぜんふつうの親らしくなくて、どうしようもないところばかりで。

でもどちらかと別れて暮らすなんて考えられない――。

光希の目に涙がたまり、ぽろぽろと落ちていく。

「……ありがとう、光希。そんなふうに言ってくれて」

と仁が言い、留美もうなずく。

「ホントうれしい。ママもパパも光希と別れたくない。だから私たち、シェアハウスを借りて六人でいっしょに住もうと思ってるの」

光希の涙がぴたっと止まった。

六人でいっしょに？

別れたカップルと新しいカップルが、ごちゃまぜになって暮らすってこと？

冗談でしょ？

「はぁ!?」

「夫婦関係は変わるけど、今までどおりの組みあわせを両親と思ってくれればいい」

要士がそう言い、千弥子が微笑む。

「遊と光希ちゃんは、戸籍上は父親に引きとられることにすれば、苗字も変わらない」

光希は、ちらっと遊を見た。平然としてからかうように光希を見あげる。

きっと遊は、大人たちの計画を、とっくに知っていたにちがいない。

知らなかったのは、光希だけ。


ああもう信じらんない！

どうしてこんなことになるのよ……!!


両親たちは、すぐに新しい家を探しはじめ、夏休み中に引っ越しをすることになった。

二階建てのシェアハウス。玄関には、「松浦」「小石川」とふたつの表札。

一階のリビングとキッチンの上は吹きぬけになっていて、二階の廊下から一階が見おろせる開放的なつくりの家だった。


引っ越しの業者が去っていくと、六人で両家から持ってきた荷物を整理しはじめる。

不思議なことに、出会ったばかりのはずの大人四人は、まるで昔から知りあいだったかのように仲がいい。

「ねえ、この食器棚、こっちの壁際とこっちと、どっちがいいかしら？」

リビングルームにいる留美が聞き、千弥子が答える。

「こっちかも。要士！　留美さんを手伝ってあげて！」

要士が「はいはい」とやってくる。

千弥子が絵の入っている包みを開けて「この絵、だれの趣味？」と聞くと、仁が「俺の」と答える。

「えーっ？　仁が買ったの？」

そうおどろく千弥子のとなりに留美がやってきて、面白そうにのぞきこむ。

「もしかして、ハワイで買ったやつ？」

大人たちは、わきあいあいと引っ越し作業をつづけていた。

光希の両親と遊の両親は、もう離婚をしている。

だから、今は赤の他人が四人と、その娘と息子がいっしょにいる状態。

（はっきり言って、異常だよ……）

光希は耐えられなくなり、自分の荷物の入った段ボール箱をかかえて、リビングからつづく階段をのぼった。

二階には、光希の部屋と遊の部屋が並んでいる。

光希が段ボール箱を置いて部屋から出ると、遊もちょうど部屋から出てきたところだった。

「今日は静かじゃん。食事会のときは、あんなにうるさかったのに」

「なにその言いかた。地味に感じ悪いんだけど」

「そうか？」

遊は、顔に似合わず口が悪い。なんだかちょっと腹が立つ。

「……もうあきらめたの。うちの親、いつも勝手にすすめるんだから。ただこのレベルは言うでしょ、ふつう」

「たしかに。親が自由すぎると子どもは苦労するよな」

「え……」

そんなふうに感じているなんて、意外だった。

遊はいつも平然としているから、てっきりこの異常事態もすんなり受けいれているのだと思っていた。

もしかしたら遊は、思っていることを表情に出さないタイプなのかもしれない。

「こう思えばいいじゃん。家族がいきなり倍に増えて楽しいなって。一つ屋根の下でピリピリしてても、疲れるだけだし。被害者同士、仲よくやっていこう」

被害者同士……。

光希がびっくりしてだまっていると、遊は握手を求めるように「はい」と右手を差しだした。

光希は少したためらってから、遊の手を握る。

と、なにやらゴソッとした感触が……。

見ると、手には本物そっくりのゴキブリのオモチャがひっついていた。

「キャッ！　キャー!!」

光希は大あわてで、ぶんぶんと手をふりまわす。

それを見て、遊はゲラゲラと大笑いしだした。

「こんな単純なオモチャでこんなにおどろくやつ、初めて見た。おまえ、おもしろいな」

「……サイテー！」

光希は頭から湯気が立ちそうなほど怒って、階段を駆けおりた。

「……なんなの、あいつ」

被害者同士、なんて言いながら、私をからかうなんて。

人をバカにして。サイテーだ。

イライラしながらリビングにおりた光希は、留美に文句を言う。

「ねぇママ。なんで私の部屋が遊くんのとなりなの？」

初日からこんな目にあうなんて、先が思いやられる。

「いいじゃない。仲よくしなさいよ」

「……はい」

しぶしぶ返事をすると、留美が突然、表情を引きしめて言った。

「でも好きになっちゃダメよ」

光希はぎょっとして聞きかえした。

「は？」

「だから、遊くんを好きになっちゃダメよ、って言ったの。これ以上うちの中、複雑にしないでね」

自分のことを棚にあげてよく言うわ、と光希は思った。

複雑にしているのは、そっちのほうじゃない。

「なに言ってるの。だいたいあんなやつのこと好きになるわけないし」

そりゃ、顔がいいのは認めるけれど、こんな異常な状況に抵抗なくなじめちゃう男に、だれが恋なんかするもんですか！

2 謎多き男の子

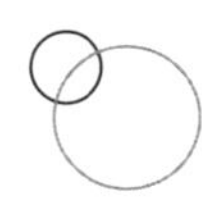

夏休みが終わり、新学期の初日。

「おはよう、茗子！」

教室の前で会った茗子に声をかける。

「おはよ。元気だねー、光希」

「学校にいるあいだは、あの異常な家族と離れられるんだもん。あ〜、ここは空気いいわ」

家にいるとイライラするばかりだから、いっそ学校にいたほうがラクなのだ。

元気いっぱいに教室へ入っていくと、不穏な気配が……。

「えーっ！　テニス部だったの？　カッコイイ！」

とクラスの女子たちが騒ぐ中、窓際の席に座っているのは——松浦遊。

（なんで遊がいるの？　しかもうちの制服着てる！）

おどろいて立ちすくんでいる光希に、遊は気づいていないようだった。

取りかこんでいる女子たちは「青葉台高校でしょ？　あそこ、テニス強いんだよね」「じゃ、やっぱりこっちでもテニス部に入るの？」なんて、顔を輝かせながら話しかけている。

「いや、テニス部には入らないよ。ほかにやりたいことがあるから」

遊がにっこりと答えると、一人の女子が言った。

「ねえ、遊くんって呼んでいい？」

「いいよ。じゃあ、俺もみんなを名前で呼んでいいの？」

キャアアッとわきたつ女子たち。まるでアイドルと話をしているみたいだ。

「私、百合香！」

「ずるいー。私が聞いたのに。私、知美！」

女子たちが、われ先にと自己紹介をしていく。

（なにやってんだか……）

あきれて見ていると、遊が光希に気づいて手をあげた。

「よっ」

光希は近づいていって、小声で話しかける。

「……なんで転校してきてんの」

「前の学校まで通うのタルいし、こっちのほうが自由な校風でいいって、留美さんもすすめるからさ」

「そんなの聞いてない！」

「言うと、そうやってさわぐからだろ」

光希は「しかもなんで同じクラスなの！」とぷりぷり怒りながら、自分の席に座った。

盛りあがっている遊のまわりをながめ、頬づえをつく。

「いっしょに住んでれば、あいつの本性なんてすぐわかるのに——」

「だれとだれがいっしょに住んでるんだって？」

うしろから銀太の声がし、はっとしてふりむく。

登校してきた銀太が、不審そうな目で光希を見つめていた。

いっしょに住んでいるのは遊とだけれど、この複雑な状態……どうやって説明したらわかりやすいんだろう？

答えに困ってあたふたしていると、代わりに茗子が答えてくれた。

「松浦くんと光希。家族になったの」

「え。あいつと？」

「うん。いろいろ事情があるの……」

そう光希がつぶやくと、銀太がますます不審そうな顔をしたけれど、もう授業がはじまってしまう。詳しい説明はあとまわしだ。

結局、ちゃんと事情を説明できたのは、放課後になり、部活に行くころだった。

ウェアに着替えてラケットを準備すると、制服姿の茗子にもついてきてもらう。茗子がそばにいてくれると、光希は心強かった。

テニスコートに向かいながら、銀太にひととおりの話をする。

聞きおわった銀太はびっくりしていた。

「おまえらの両親、ぶっ飛んでんな」

「あら、でも超楽しいご両親じゃない？」

茗子があっさりそう言う。

「茗子！」

「本気で言ってんのよ。うちの両親よりずっといいよ」

「……もう、やめてよ」

光希と茗子の説明で、銀太はそれなりに納得したようだった。

「それでいっしょに住んでるってことか」

光希は、ちょっぴり銀太をからかいたくなった。

「心配？」

光希がそう聞くと、銀太はあきれたような顔をしてコートへ走っていった。

「なに言ってんだ。行くぞ！」

光希がくすくす笑ってあとを追っていく。

いろいろあったけれど、今は冗談を言いあえる。光希にとっては、この関係がとても心地いい。

茗子にとっても、今の二人の姿は微笑ましかった。

コートでは、銀太がサーブの体勢を取る。

「よーし。じゃ、ガチで行くぞ！」

「よし来い！」

光希が真剣な表情でラケットをかまえる。

練習がはじまり、茗子はコートをあとにした。

フェンスの外を歩いていると、コートを見つめている遊の姿があった。そういえば遊は、前の学校でテニス部に所属していたようだ。

近づいて話しかける。

「やっぱりテニス部に入るの？」

すると遊は、コートから目をそらさずに答えた。

「仲いいね、あの二人」

「ああ、光希と銀太ね。仲いいって言えばいいけど……」

「カレシ？」

なぜそんなことを聞くんだろう、と茗子は少しとまどう。

でも、遊がなにを考えているのか、表情からは読みとれない。

「中学のころからの仲間」

茗子はそう答え、遊と並んでコートをながめた。

銀太が光希の球を打ちそこね、おおげさにひっくりかえった。それを見て、光希は楽しそうに笑っている。

そんな二人をしばらく見つめたあと、遊はふらりとその場を去る。

そして図書館へ向かった。

中へ入る。天井が高く、アーチ型の窓から光が差しこんでいる。

本棚にはたくさんの専門書が並んでいた。

「いいね。気に入った」

遊はそうつぶやき、ゆっくりと図書館の中を歩いた。

シェアハウスでの生活がはじまり、数週間が経った。

六人の食卓は、相変わらず妙な雰囲気だ。

とくに全員がそろう夕食は、光希にとって居心地サイアクの時間だった。

「いただきまーす」

とテンションが高いのは、大人たち。

遊は淡々とクール。

光希はうんざり顔。

そんな光希を気づかってか、大人たちは楽しげな雰囲気を演出しようと必死だった。

「おいしい、このコロッケ！　やっぱり留美は……留美さんはお料理うまいわね」

「千弥子さんだって」

女性二人がわざとらしく褒めあうと、仁が微笑む。

「やっぱりみんなで食うと、メシはうまいな」

「ワイン、開けちゃおうか。とっておきのがあるんだよ」

と、要士が冷蔵庫を開ける。

「あ、このローストビーフおいしい！」

留美がそう言うと、要士が答える。

「これはね、ゆず胡椒で食べるとうまいんだよ」

「ほんと？」

「はい。試してみて」

「ほんとだ。おいしいわ。あとで教えてね、作りかた」

大人たちのお芝居は、光希をますます不機嫌にするばかり。

(楽しそうにしちゃって。パートナーを交換して再婚なんて、冗談じゃないよ)

光希は、もう我慢の限界だった。

「……ごちそうさま」

そう言って立ちあがり、食器を片づけはじめる。

すると、あわてた要士が千弥子に「光希ちゃんになんか言えよ」とこづいた。千弥子が立ちあがって光希のそばに寄り、苦しまぎれに質問をする。

「光希ちゃん、学校は楽しい？」

「まああです」

そっけなく答えると、こんどは要士が質問をしてくる。

「どういう男の子がタイプなのかな？　ボーイフレンドとか好きな子とか、いないの？」

むすっとしてだまっていると、遊が口をはさむ。

「あのテニス部のやつだろ？」

カチンときた光希は、ものすごい形相で遊をにらんだ。

「なんでそんなこと言うのよ！」

私がだれを好きだろうと、あんたに関係ない。

わかったような口をきかないでよ。

「えっ？　あ……ちがうの？」

遊が少しおどろいたようにそう言った。

うるさい、うるさい。ほっといて。

光希がいらだっていると、少しのんびりした仁が能天気に話に加わる。

「えっ、光希に好きな子がいるの？　お父さん知らなかったなぁ」

光希はうつむいて、こぶしをぎゅっと握った。

母の留美が空気を読んで、「シッ」と仁をだまらせる。

リビングがしんと静まり、気まずい雰囲気になった。

さっした要士が、作り笑いを浮かべ、遊をしかる。

「ちょっと無神経じゃないか、遊」

「そうよ。光希ちゃんに謝りなさ――」

千弥子をさえぎって、光希は叫んだ。

「私は！」

みんながぎょっとして光希を見つめた。

「……私が耐えられないのは、ここで、こうやって、和気あいあいとごはん食べてる、みなさんの無神経さですから！　これからは一人でごはん食べます！　みなさんとなじむつもりはありません！」

五人をひとにらみすると、光希はどかどかとリビングを出ていった。

光希は二階の自分の部屋に閉じこもり、床に座りこんだ。
イヤホンを耳につっこみ、音楽をかける。
だれとも話したくなかった。
もうやだ。早くこんな家、出ていきたい……。
というか、出ていってやる！
勝手になんでも決めて、人の心にずかずか土足で入りこんで——。
そんなことをぐるぐる考えていると、窓をコンコンと叩く音が聞こえてきた。
見ると、遊が窓に張りついて、こちらをのぞいている。
光希はびっくりして目を丸くした。
ハシゴもないのに、どこからのぼったんだろう？
だいたい落ちたらどうするつもり？
「なにやってんの！　バカ!!」
イヤホンを外して立ちあがり、窓に駆けよった。

遊はポケットから白い紙を取りだし、窓ガラスにくっつけて見せる。

そこに描いてあったのは、よくある『工事中』の標識にそっくりな、ヘルメットをかぶってぺこりと頭をさげているオジサンの絵。

その横には「ゴメン」という文字。

あまりにゆるい絵を見せられて、光希は怒れなくなってしまった。

しかたなく窓を開ける。遊は頭から部屋へ入ってきて、窓際のベッドの上にドサッと落ちた。

「……ずるいよ。危ないから入れるしかないじゃん」

「そこを狙ったんだよ。ごめんな。父さんも無神経だよな。好きな子いるのかって、いまどき自分の娘にも聞かないよな」

「いいよ、もう」

さっきまであんなに腹が立っていたのに、遊の声を聞いたらなんだか落ちついてきた。

光希とちがって遊は、泣いたり怒ったりせず、いつでも淡々としている。

「あのさ……。父さんだけど、俺の本当の父親じゃないんだ」

突然、遊がそう言った。

まるで他人のことを話しているような口調だった。

「え……」

光希がおどろいていると、遊は言葉をつづける。

「だれにも言うなよ。俺は知らないことになってるんだから」

「いきなりそんなこと言われても……」

困る、と言おうとしたけれど飲みこんだ。

遊はべつに、光希になにか言ってほしそうではなかった。

光希に同情してもらいたそうでもない。

どこか投げやりで、なにも期待していないように見えたのだ。

「光希の意見を無視して強引にいっしょになったこと、あの人たちはあの人たちなりに気にしてるんだよ。だから光希に『なじむつもりはない』って言われてショック受けてるんだ」

だまっている光希に、遊はやさしく笑いかけた。

「あんなんでも、いちおうは俺の親だし、許してやってよ」

その言葉は、うそではなさそう。許してあげてと本気で思っているようだった。

光希はうなずいた。

クールで、投げやりで、なれなれしくて、たまにやさしくて。

つかみどころがなく、知れば知るほど謎ばかり。

なのに、いつの間にか遊の存在は、自分の中で大きくなっている——。

光希はようやく、そのことに気づきはじめた。

3 それぞれの恋

一度意識してしまうと、落ちつかなかった。

同じバスで登校するあいだも、少し離れた場所に立つ遊のことが気になってしまう。

そわそわして、なんだか居心地が悪かった。

駅前に着き、バスを降りると、べつの学校の制服を着た女子が遊に声をかける。

「ひさしぶりね、遊。探したんだよ」

(うわ、かわいい子……だれ?)

光希はまじまじと彼女を見つめた。明るい色のショートボブでくりっとした大きな瞳が印象的。

茗子とはまたちがうタイプの、勝ち気な印象の美人だ。

彼女はちらりと光希を見ると、

「この人？」

と、遊に問いかける。

「ああ……今いっしょに住んでるんだ」

「いっしょに？」

にらまれて、光希はひるんだ。

「ということは、ご両親の再婚相手の子ね。よろしく。ねえ遊、新しいライン教えて」

「わかったわかった」

遊たちはスマホを取りだし、連絡先のやりとりをする。

すごく親しげだし、美男美女同士で見た目にもお似合いの二人だ。

光希は、なんだか気がぬけてしまい、さっさと先を歩いた。

「じゃーね、遊。あとでラインするね」

「おう」

ショートボブの彼女は、笑顔で手をふり、去っていく。

もくもくと前を歩く光希を追って、遊が走ってきた。

「元カノ？」

「まあね。三ヶ月だけ付き合ってたんだ。名前は亜梨実」

「……なんで三ヶ月？」

「俺、女の子は苦手なんだよ」

ん？　女の子は苦手って……どういうことだろう？

転校してきた初日は、女の子に囲まれてあんなにわいわいやっていたのに。

ますます遊のことがわからなくなってしまった。


テニス部は、他校との試合を控えていた。

放課後の練習にも、気合いが入っている。

光希がベンチで休憩をしていると、歩いている遊の姿が目に入った。

大きな本を抱えている。

遠くてよく見えないけれど、表紙には「建築学」と書かれているようだ。

遊の行く先には、ここの大学生らしい青年がいて、二人はなにやら話しはじめた。

「……ん？」

光希が目を凝らして遊を追っているうちに、いつの間にか練習が終わっていた。

「いっしょに帰る？」

と銀太に声をかけられても、光希はうわのそらだった。「うん」とぼんやり答える。

さっき遊が話していた相手はだれ？　なにを話していたの？

まさかナンパ……？

そんなことを考えながら、光希は立ちあがった。

帰りじたくをして銀太と待ちあわせをし、校門を出る。

見慣れた商店街を歩いていると、なんだかほっとした。

「その後どう？」

と自転車を押して歩く銀太が聞く。光希の新しい生活のことだ。

気持ちがこんがらがっていて、なかなかひとことでは答えられなかった。

「……うん」

「なんかあったら言えよ」

「えっ？」

銀太がそんなふうに気遣ってくれるとは思っていなかった。

「なんか悩みとか、困ったことがあったら、言ってくれよ。相談に乗るから」

「ありがと。でも今んとこ、意外にうまくいってるんだ。いつの間にか既成事実ができちゃってて。悩んでる暇もなかったって感じで」

話しあいなんてする間もなく、大人たちは離婚して、住む家を決めて、気づいたら六人でいっしょに住んでいた。

行動力があるというか、なんというか……本当にあっという間の出来事だった。

「そうか」

「でもうれしい。やっぱ心強いよ。銀太にそう言ってもらえると」

光希が笑いかける。

銀太がとまどったように見つめたことに、光希は気づかなかった。

小さな駄菓子屋の前にさしかかる。

「ねえ、この道、二人で歩くの久しぶりだね。あ、なつかしい、このお菓子！」

光希がはしゃいで店先へ駆けていく。

手にしたのは、昔ながらのパッケージのキャンディ。

「昔っからおまえ、これ好きだったよな」

「うん。これってさ、マスカット味はキスの味とか言って、テレビでやってなかった？

ひとつください」

そう言うと、光希は駄菓子屋のおじさんに小銭をわたし、キャンディの入った袋をひとつ取る。

「けどさー、キスの味ってどんな味だよって、ツッコミたくなるよね」

二人は、店の外にあるベンチに座り、キャンディを一個ずつ口に入れた。

あははと無邪気に笑う光希のとなりで、銀太はいつになく真剣な顔をする。

そしてつぶやく。

「……試してみる？」

「えっ？」

「キスがどんな味か」

いつもの冗談だと、光希は思った。

「いいよー。試してみよっか」

目を閉じ、わざと口をすぼめてキスを待つような顔をする。

銀太が唇を近づけていく。

気配を感じてぱっとまぶたを開くと、銀太の顔は光希のすぐ目の前にあった。あと数センチで唇と唇が触れあうくらいに――。

びっくりして立ちあがる。

「ちょっと！」

銀太がおろおろする。

「え。だって今、いいよって……」

「冗談に決まってるでしょ！　銀太のバカ！」

まさか、本当にキスしようとするなんて。

私のこと、フッたくせに。いい友だちにもどれたと思っていたのに。

おどろいて、おまけに気恥ずかしくなってしまった光希は、ダダッと走りさる。

置いてきぼりをくらった銀太は、途方に暮れて立ちつくした。

そのころ遊は、図書館である本をめくっていた。

三輪由充という建築家の作品集だ。

三輪のプロフィールと顔写真をじっと見つめ、やがてその本を本棚に返す。

ふと棚の向こうと見ると、抱きあってキスをしている男女の姿が見えた。

こんなところで迷惑だ、だれかに見つかりでもしたらどうするんだろう、と最初はあきれていた遊だったが、二人がだれだかわかると、目を疑った。

「あれって……」

人影は、英語教師の名村と、茗子だったのだ。

二人は体を離す。

名村がたしなめた。

「こら、見つかったらどうする」

「ごめんなさい」

名村はやさしく微笑むと、愛おしげに茗子の髪をなで、図書館を出ていった。

本棚の陰に隠れていた遊が体を動かすと、ギシッと床が鳴る。その音で茗子がふりむいた。

目があってしまう。

茗子がはっと息をのみ、両手で口元をおおった。

「……見てたの？」

遊はうなずいて言った。

「あれ、英語の名村だよな――」

「このこと、だれにも言わないで！」

茗子が必死に訴える。

もちろん遊は、だれにも言うつもりはなかったけれど、ひとつだけ聞いておきたいことがあった。

「……光希は知ってるの？」

「……言ってない」

悲しげにそう言うと、茗子は踵を返して図書館を出ていく。

茗子と光希は親友同士。

それでもこのことは秘密にしたいと、茗子は思っているのだろう。

秘密にされていると知ったとき、きっと光希は傷つくはずだ。

いずれにしろ、自分が首を突っこむ問題じゃない。

そっとしておいたほうがいいと、遊は思った。

学校帰り、光希と茗子はたまに、カフェで寄り道をしていく。

その日もお気に入りのカフェでおしゃべりをしていた。

名村と茗子のことを知らない光希は、いつものように無邪気だ。

「どう？　その後、遊くんは」

「べつに」

とくにケンカもしないし、仲よくしているわけでもない。

亜梨実のことなら、もう茗子に伝えていた。前の学校に、三ヶ月だけ付き合った彼女がいるらしい、と。

「遊くん、ちょっとミステリアスで魅力的じゃない？」

「そう？　なんかあやしいよ。いつも図書館に入りびたりだし」

図書館と聞いて、茗子はこのあいだの出来事を思い出し、一瞬、表情をくもらせた。

けれど、光希は気づかずにおしゃべりをつづける。

「見ちゃった。男の人といるの」

茗子はぎくりとして、それは遊の話だろうか、それとも自分の話だろうか、と考える。

「おとこ？」

「うん。遊、アッチかも」

「……え……アッチ？　ないないない。遊くんはちがうと思う」

光希が言っているのは、遊の話だった。思わずほっとする。

アッチなんて言っているけれど、また光希の早とちりかもしれない、と茗子が考えているところへ、派手な私服姿の女の子がやってきた。

亜梨実だ。

「ちょっと話があるんだけど」

亜梨実は強い口調で、光希に迫る。

光希も負けてはいなかった。ひるまずに対抗する。

「なんですか？」

茗子は、亜梨実とは初対面。

いったいなにがはじまるんだろうと興味津々で、二人のことをながめた。

「ハッキリさせておいたほうがいいと思って」

と、亜梨実。

「……なにをですか？」

「私がまだ遊を好きだってこと」

「そんなこと、私には関係ありません！」

「いい？　遊はどんなかわいい子に言い寄られても、落ちないって有名だったの。それを私が落としたの」

「じゃあ、なんで別れたんですか？」

すると、亜梨実はくやしそうに唇をかむ。

「三ケ月……。他人に心を開かない遊に、とにかく三ケ月付き合ってみようって提案したの。三ケ月後にはやっぱり付き合えないって言われたけど」

光希と茗子はきょとんとしてしまった。

亜梨実も変わっているけれど、遊もそうとう変だ。

そんな提案を受けいれて、ぴったり三ケ月で別れるなんて。

「付き合ったのは事実。私の中ではまだ終わってない。だから邪魔しないで」

亜梨実は言いたいことだけ言うと、さっさとその場を立ちさってしまった。

「なにあれ……」

「だれかに自分の存在を知ってほしいんだよ、きっと。わかるなあ。それくらい遊くんが好きなんだよ」

それくらい好きって、どのくらい好きなんだろう。

銀太のことは好きだったけど、今は友だち。

遊のことは気になるけれど、それはたぶん家族だからにちがいないし――。

光希にはよくわからなかった。


家へ帰って玄関をあがると、ちょうどシャワーから出てきた遊と出くわした。

上半身は裸で、髪はまだ濡れている。

遊のそんな姿を初めて見てしまった光希は、顔を赤らめて目をそらした。

「やだ！　人んちで、そんなカッコして歩きまわんないでよ!!」

「ここ、俺の家なんですけど」

たしかにそうだ。そのとおり。

光希はダダダッと階段をかけあがり、自分の部屋へ飛びこんだ。

（遊ばっかり、平気な顔しちゃって……）

元カノだとか、図書館の男だとか。

そんなことをいちいち気にして動揺しているのは、どうやら光希だけらしい。

くやしまぎれに音楽を聴いてみたり、スマホを開いてみたりしたけれど、なにをやっても気が乗らない。

そんなことをしているうちに、ずいぶん時間が経ってしまった。

おなかがすいてダイニングへおりてみると、遊がなにやら料理を作っている。

「……あれ？　みんなは？」

「遅くなるって」

遊の横に立ち、コンロにかけられた鍋をのぞくと、あつあつのホワイトシチューができあがっていた。

野菜がゴロゴロ入っていて、見るからにおいしそう。

「おいしそう」

思わずそう言うと、遊はにこっと笑った。

「得意なんだ、ホワイトシチュー。おなかは？」

光希はあまり料理が得意じゃない。ちょっとくやしかったけれど、空腹には勝てなかった。

「すいてます」

素直にそう答える。

遊はうなずいて、二人分のシチューとパンを用意しはじめた。

「そこのジャム取って」

「うん」

光希が、調味料の入ったカゴをテーブルの上に置く。

「サンキュ」

「うん」

二人は、テーブルをはさんで向かいあわせに座った。カゴの中のジャム類は、ママレードしかない。

「これしかない」

ビンを持ち、遊に見せながら言う。

「ママレード、あんまり好きじゃない。苦いんだもん、皮のとこ」

「贅沢言うなよ」

ふと、光希は思いついた。

「……遊ってさ」

「ん？」

「なんかあれだね。……ママレードみたいだよね。本当はすっごく苦いとこあるのに、みんなうわべの甘さにだまされて気づいてないの。ママレード・ボーイだよ」

遊は、一瞬だけむすっとした顔をし、それからニヤリと笑って、カゴの中からマスタードを取る。

「じゃあ、光希はピリピリ辛いばっかのマスタード・ガールだよな」

「なにそれ。もっとかわいいのにしてよ！」

二人に自然と微笑みがこぼれた。
家でおいしいものを食べて、言いたいことを言って、笑って。
こうしていると、本当に家族みたいだなと、光希は思った。

4 保健室のキス

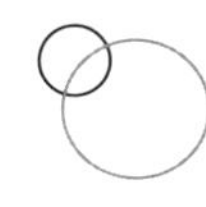

テニス部の練習試合の日がやってきた。

対戦相手は、榊学園テニス部。実力は光希たちの桐稜高校テニス部と同じ程度だ。楽に勝てる相手じゃない。

ところが、もうすぐダブルスの試合がはじまるというのに、銀太は、ペアを組む近藤となにやら話しこんでいる。

「どうしたの。今から試合でしょ」

光希が声をかけると、銀太と近藤が振りかえる。

「さっきのウォームアップで、近藤が足をくじいたんだ。ダブルス組む相手がいないんだよ」

近藤は立つのもつらそうに顔をゆがめている。これでは出場は無理だろう。

「くそ。今日の試合、出たかったのに……」

銀太がくやしそうに顔をゆがめる。

「私じゃ無理だよね」

「混合じゃないからなぁ」

混合ダブルスなら男子と女子でペアを組めるけれど、銀太が出場するのは男子の試合だ。

あんなに練習してきたのに、試合に出られないなんて。

だれか代わりにペアを組む男子がいれば、出場はできる。

けれど、銀太と同じくらいテニスが上手な部員は、ほかにいなかった。

この際、テニスがうまい選手であれば部員でなくたっていい。

テニスが上手な男子——。

(そうだ！)

光希はぴったりな人がいることを思いついた。

「ちょっとまってて！　連れてくるから！」

銀太たちにそう言うと、光希は走りだした。

そして図書館に飛びこみ、あたりを見まわして遊の姿を探す。

と、いすに座り本を読んでいる遊を見つけ、駆けていく。

「遊!!　これから時間ある？」

遊が、不思議そうな顔をして見あげる。

「あるけど、どうして？」

光希は、机の上のノートやペンを勝手にどんどん片づけて、遊のカバンの中へ入れていく。

早く連れていかないと間にあわない。

「青葉台高校で、テニス部にいたんだよね」

「ああ」

「県大会は、一年生で準優勝」

「ああ」

青葉台のテニス部はレベルが高い。しかも県大会に出て、一年生にもかかわらず準優勝するなんて、遊の実力は相当に高いということだ。

「それもダブルスで、だったよね」

「いや、シングルスで」

「えー、まあいいか」

この際、どっちの試合で準優勝したかなんて小さな問題。

遊をスカウトしない手はない。

十数分後、無事にダブルスの試合がはじまった。

銀太と組んでいるのは、遊。

光希が図書館でスカウトし、おおいそぎで着替えさせ、やっとコートまで連れてきたのだった。

試合は遊のサーブから。

サーブはライン際ギリギリに決まり、審判の声がひびく。

『15—0！』

つぎのサーブもきれいに決まった。フォームもお手本のように美しい。

『30—0』

コートサイドから歓声がわき、うわさを聞きつけてきた女子生徒たちが、ぞくぞくと集まってくる。

観客席では、茗子といっしょに光希も観戦している。


遊が絶好調な一方、銀太は気が気ではなかった。

理由は、光希の視線の先にいるのが、どう見ても自分ではなく遊だったからだ。

それに気づいたとたん、ぜんぜん試合に集中できなくなってしまった。

遊のサーブが、相手選手に打ちかえされる。

それに反応して銀太が走り、必死に打ちかえすが、ボールはコートの外に出てしまった。

「ドンマイ。つぎは返していこう」

遊にそう声をかけられ、銀太はくやしそうに、ぐっと奥歯をかんだ。

遊がサーブをはなつ。相手が返してくる。

銀太は、こんどこそ失敗せずにリターンしてやる、とばかりに気合いを入れた。

「俺がやる！」

と銀太は、遊の守備範囲まで走り、必死に手を伸ばした。

が、ボールはネットにかかって落ち、コロコロとコートを転がる。

「ちくしょう！」

観戦していた近藤が「完全に力んでんな」とつぶやく。

「おい、銀太！　力むな！」

ベンチから声が飛ぶも、銀太のコンディションはいっこうにあがらないまま、試合がつづいた。

光希は心配になってきた。

銀太のサーブは決まらず、思わず叫ぶ。

「銀太！　なにやってんの！」

銀太ははっと顔をあげ、光希を見つめる。

「いつもみたいに、カッコ良くスマッシュ決めてよ！」

銀太はあせるばかり、ゲームはさんざんの結果だ。

コートチェンジになり、観客席からはため息がもれる。

コートからもどってきた銀太は、ベンチへは行かず、なぜか観客席にいる光希の前に立った。

そして、思いつめた表情でこう言った。

「光希。この試合に勝ったら俺と付き合ってくれ」

光希が目を丸くする。

「なに言ってんの、こんなときに!?」

びっくりしたのは光希だけではない。茗子も遊もおどろいて、銀太と光希を見つめた。

「ずっと言おうって思ってた。今日、試合に勝ったらって」

光希は、おしだまった。

銀太がそんなことを考えていたなんて。

教室や部活で、毎日のようにいっしょにいるのに、ぜんぜん気づかなかった。

だって銀太は私のことを――。

「わかってる。一回フッたくせにって、思ってるんだろ」

「……そうだよ。それもみんなの前で。私のことなんかなんとも思ってないって」

「だから、今日みんなの前で、あれはちがうんだって言いたかった」

「ちがうって?」

「あのころ、おまえはクラスの男子にけっこう人気があって、ぬけがけするなって、俺、まわりから釘刺されてたんだ。だから、約束した手前、引っこみがつかなくて……」

そんなこと、ちっとも知らなかった。

フラれて悲しくて、あんなに泣いたのに。

どうしてもっと早く言ってくれなかったんだろう。

「あのときちゃんと、おまえが好きだって言えばよかった」

「銀太――」

そう光希がつぶやくあいだに、銀太は走ってコートへもどっていった。


それからの銀太は、さっきまでとは別人のように調子をあげた。

サーブは気持ちよく決まる。

『15―0！』

審判の声と観客席からの歓声が飛ぶ中、光希は一人、ほうけたような顔をしていた。

どうして今さらあんなことを言うんだろう。

私はどう答えたらいいんだろう。

私が好きなのは――。

（……今はそんなことを考えてる場合じゃない。応援しなくちゃ！）

試合は、銀太と遊ペアの勝利で終わった。

観客席が沸き、茗子がキャアッと喜びの声をあげる。

銀太と遊は、勝利の握手を交わした。

「松浦、ありがとう。このままクラブに入れよ」

遊は首を横にふった。テニス部に入るつもりはないようだ。

「これが最後だよ」

「残念だな」

そう言うと銀太は、この瞬間を待っていたとばかりにコートから駆けでる。

そして観客席まで行き、興奮ぎみに光希をハグした。

部員も観客も、抱きあったり歓声をあげたりしながら、勝利を喜んでいる。

みんなが沸きあがる中、はっと我にかえった光希は、銀太から離れて遊の姿を目で探す。

(お礼を言わなくちゃ……遊は？　……いた！)

やっと見つけた遊は、ちらっと光希を見ると、穏やかな笑みを浮かべて背中を向けた。

(遊！)

追っていこうとしたそのとき、なにかが光希のほうへ飛んでくるのが見えた。

対戦校の選手がくやしまぎれに振ったラケットが、手から抜けて飛んできたのだ。

「光希、あぶない！」

銀太が光希をかばってつきとばし、いっしょに地面へ倒れこむ。

カランカラン――。

あやういところでそれたラケットが、音を立てて地面へ落ちた。

光希はそのまま気を失ってしまった。

目を覚ました光希は、ベッドに横たわったまま、きょろきょろとあたりを見まわす。
（ここは……保健室？）
そして、ラケットをよけて銀太といっしょに地面へ倒れたことを思い出した。
そのとき、だれかが近づいてくる足音が聞こえてきた。
だれだろう。ドアを開けたようだ。
「光希？」
遊の声だった。光希はあわてて目を閉じる。
ドアの閉まる音がし、遊がベッドサイドに立つ気配がした。
つぎの瞬間、光希の唇に、なにか柔らかいものが触れた。
ドキンと心臓が高鳴り、思わず目を開ける。
触れているのは、遊の唇。
遊がキスしていたのだ。

5 すれちがう心

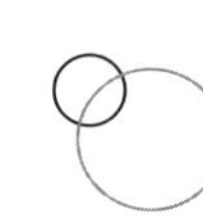

（えっ……なんで……!?）

動揺してとっさに目を閉じると、唇が静かに離れた。

やがて、遊の立ちさる気配がした。

光希の胸は、うるさいほどドキドキと鳴っている。

なにかの冗談？

それとも悪ふざけ？

遊の考えていることがさっぱりわからない。

ベッドの中でうろたえていると、べつの足音が聞こえ、だれかがベッドサイドに立った。

「光希？」

こんどは銀太だ。光希が眠っていると思いこんでいる。

「……ありがとう」

銀太がつぶやいた。銀太が試合に出られるようペアを見つけてきてくれた光希に、お礼を言いたかったようだ。

とそこへ、茗子もやってくる。

「なにしてんの。男子禁制だよ」

「顔、見にきただけだよ」

「大丈夫だよ。私がついてるから。打ちどころは心配ないって。ただびっくりしただけだって」

ラケットが飛んできたときに銀太がかばったおかげで、光希はどこもケガをしていなかった。

「うん、そうか」

と安心したように言って、銀太が帰っていく。

光希は目を開けた。茗子が気づいてのぞきこむ。

「大丈夫?」

光希はだまってうなずいた。

まだ心臓がドキドキしている。

遊、どうしてキスなんてしたの……?

頭に浮かぶのは、そのことばかりだ。


家にもどるころには、体調はすっかりもどっていた。キッチンであたたかいお茶をいれ、マグカップをにぎる。

ため息をついて壁によりかかると、保健室での出来事がよみがえる。

(なんだったんだろう、あれ……)

すると、ポケットに入れていたスマホが鳴った。銀太からの着信だ。

窓の外を見ると、スマホを持った銀太が暗い中でぽつんとたたずんでいた。

「銀太……」

思わずそうつぶやくと、階段の上から声がする。

「行ってあげたら？」

見上げると、吹きぬけの廊下に遊が立っていて、光希はぎょっとした。

「答えがほしくて来たんじゃないの？　付き合ってくれとは言ったけど、光希の答えを聞いてないから」

「行けないよ。なんて言っていいかわかんないし」

「行かないんだ。せっかくがんばって勝ったのに」

遊が少し意地悪く言う。

「遊には関係ないでしょ！」

光希は、階段をあがると遊をにらんでどなった。

遊にはずっとふりまわされてばかりいるような気がして、イライラする。

「人のことに口はさまないでよ。自分の部屋に帰って！」

「はいはい」

そう言うと、遊は降参したとばかりに部屋にもどっていった。

光希は部屋の窓から下を見おろす。窓の外では、銀太がこちらを見あげ、光希の姿を探している。

やがてあきらめたように去っていくと、たまらずに光希はコートをはおり、外へ飛びだしていった。

「銀太！」

公園で追いついて叫ぶと、自転車を押して歩いていた銀太が立ちどまってふり向いた。

光希は呼吸を整えた。

なんと言えばいいんだろう。

銀太のことは好きだけれど、付き合えるかというと、少しちがう。

「ごめん、私、銀太の気持ちには応えられない」

銀太はさびしそうな顔をした。

「もう、昔のままの私じゃないんだ」

「……ほかに好きなやつ、いるの？」

「そうじゃなくて……自分でもよくわからないの」

すると、銀太が近づいてきて、そっと光希を抱きしめた。

「俺はずっと好きだったんだ……」

光希はなにも答えられなかった。

「おまえのことはあきらめたつもりだった。最近は昔のように話せるようになったし、それで十分だと思ってた……」

そう言われるのがもう少し前だったら。

きっとうれしかったはずなのに。

今はただ、とまどうばかりだ。

「ごめん」

光希はそう言うと、銀太を残して走り去った。

謎のキス事件があったけれど、光希は相変わらず遊と同じバスで登校していた。同じ時間に家を出て、同じ学校へ行くのだから、なんとなくそうなってしまう。

その日も二人で教室へ入っていくと、クラスの女子が興奮気味に走ってきた。

「光希、たいへん！　名村先生と茗子が付き合ってたって、知ってる？」

「えっ？」

あまりにも思いもよらないことで、一瞬、なにを言われたのかわからなかった。

「茗子が朝、名村先生の家から出てくるとこを、うちの生徒が見ちゃって。ＰＴＡで大問題になって、今、二人とも校長室に呼びだされて」

名村先生と茗子が？

しっかり者の茗子が、そんな問題を起こすはずがない。

だいいち、もし付き合っているなら、真っ先に親友の私に相談してくれたはず。

光希が言葉を失っていると、クラスメイトが言う。

「光希、知らなかったの？」

ちっとも知らなかった——。

いてもたってもいられなくなった光希は、教室を飛びだした。

校長室の前まで行くと、ちょうど茗子と名村がドアを開けて出てくるところだった。

二人とも表情はかたく、しずんでいた。

「茗子！」

光希のほうをちらりと見やった茗子に、名村はささやく。

「心配しなくても大丈夫だから。僕がなんとかする」

名村が去ると、茗子は光希に向かってつぶやいた。

「自宅謹慎だって」

そして、目も合わせずに横を通りすぎようとする。

光希は茗子の前にまわりこんで叫んだ。

「ねえ！　なんで言ってくれなかったの？　なんでそんな大事なこと！」

立ちどまった茗子が、さびしげな微笑みを浮かべて光希を見た。

「なんでかな。光希に私の悩みなんか言っても、わかってくれそうな気がしなかった」

「そんなことないよ！　私たち、友だちでしょ？　親友でしょ？　ちがうの？」

「だから、そういうところよ」

まるでいつもの茗子ではないように見えた。

「気持ちを全部さらけだして甘えあうのが親友？　私はそう思わない」

茗子のひとことひとことが胸に突きささり、声も出ない。

「じゃあ」

茗子が去っていく。

そのうしろ姿を、ただぼうぜんとながめていた。

夜になっても、光希の心は、悲しくて重いままだった。

部屋で机の前に座り、茗子といっしょに撮った写真を見つめていると、涙があふれてくる。

茗子のことを、だれよりも理解していると思っていた。

なのに。

(そんなふうに信じていたのは、私だけだったのかな……)

ドアをノックする音が聞こえた。食欲はないし、だれとも話したくない。

「ごはんなら、私、いらないから」

そう返事をすると、ドアの外から意外な声が届いた。

「光希。私」

茗子……!?

そう、それは茗子の声だった。

「ごめんなさい。学校じゃ言えなかったから。顔、見ないほうが話しやすいんだ。ドア、開けてくれなくていいから。そのままで聞いて」

光希は涙のたまった目をドアに向ける。

「昼間は冷たいこと言って、ごめんね」

茗子の声は、ふだんと同じようにやさしくて、でも涙でふるえていた。

「私、光希のこと、大好きだよ。でも、どんなに好きでも、自分の心の中のこと、全部はさらけだせない。そういう性格なの。自分の心のドロドロを見せて、光希に嫌われたくないって、どっかで思っちゃうんだよね」

茗子はいつでも大人びた考え方をする人だった。

なにを言っても、まずは否定をしないで受けいれてくれる。

光希と遊の両親たちのことも「大人だって恋をする」と否定をしなかったし、つかみどころのない遊のことも「ミステリアスで魅力的」だと表現した。

光希はそんな茗子のことを頼りにして、なんでも打ちあけてきた。

でも茗子のほうはちがっていた。

子どもっぽい光希には、自分の複雑な状況なんて理解してもらえないと、茗子は感じていたのだ。

今の光希には、自分がどれだけ頼りなかったのかがよくわかる。

光希は思わず立ちあがって、ドアのそばに寄った。

涙がこぼれ落ちそうになるのを、必死にこらえる。

「私は茗子のこと、嫌ったりしないよ？」

「ありがとう」

「茗子――」

「……うちは、両親の仲が悪くて、でもそれを隠して、表面だけうまくやってるんだ。私、それが息苦しくて、ときどきたまらなくなるの。名村先生は、私の逃げ場になってくれた」

光希はドアノブに手をかけた。ドア越しなんかじゃなく、顔を見て話したかった。

「ドア開けていい？」

「待って。もう一個だけあるの。先生、広島に帰って、実家の不動産業を手伝うって言ってるの。私、あとを追うつもり」

「茗子！」

茗子はかたくなに顔を合わせるのを拒んだ。

「光希の顔、見ると決心が鈍っちゃうから、見ないで行くね。じゃあね。元気でね」

そう言うと、くるりと踵を返し、階段をおりる。

光希はしばらく、部屋の中でぼうぜんとしていた。やがて弱々しくドアを開ける。

廊下に出ると、リビングのいすに座っていた遊が、光希を見あげる
「……遊」

「見送りに行けよ」

「……でも、茗子が嫌がるかも」

「あいつだって本当は、勇気づけてもらいたいはずだよ。おまえのほかに味方なんかいないんだろうし」

光希は、遊を見あげた。

うん、とうなずくと、涙がぽろぽろこぼれた。

光希は取るものも取りあえず家を出て、駅へ向かった。

まだ間に合うはず――。

ホームへつづく階段を駆けあがると、やがて茗子と名村の姿が見えてきた。

二人は抱きあい、体を離したかと思うと、なにか真剣な面持ちで話しはじめた。

茗子が首を横にふり、泣き叫びながら名村にすがる。

そのとき、発車のベルが鳴り、名村一人が電車に乗りこむ。

電車は名村だけを乗せていってしまった。

ぽつんとホームに残された茗子が振りかえる。泣いて赤くなった目が痛々しかった。

「光希……。先生が、きみはここに残れって。僕といっしょに広島に行っても、不幸になるだけだって――」

光希はそっと茗子に寄りそった。

「――私は、先生なしじゃ、幸せになれないのに！」

茗子はしゃくりあげながらそう言い、光希の肩に顔をうずめる。

いつも強くて動じない茗子のこんな姿を見るのは、初めてだった。

肩をふるわせて泣く茗子の体を、光希はいつまでも抱きつづけた。

茗子の自宅謹慎期間が終わった。
予想はしていたけれど、生徒の中には、茗子のことを遠巻きに見てあれこれウワサする人もあらわれた。
茗子は居心地の悪さをぐっとこらえ、自分の席に着いた。
心配をした光希がさっと立ちあがり、茗子のところへ行こうとすると、それより早く銀太がノートを差しだす。

「これ、休んでたあいだのノート。貸してやるから、あとでなんかおごれよ。コンビニのアイスでいいや。あ、それか購買部のあんパン。どっちがいいかなぁ」

いつもと変わらない調子でそう言う銀太に、茗子の緊張がほぐれた。

ふっと笑って言う。

「どっちがいいの？」

「うーん。じゃ、あんパンで。よろしくな！」

その様子をながめ、光希も微笑んだ。銀太のとなりに行き、こそっとささやく。

「ありがとう、銀太」

「なにがだよ」

銀太は照れたようにうつむくと、ガタガタと授業の準備をはじめた。

さりげなく気づかってくれるところが、銀太らしい。

銀太はさっぱりしていて、やさしくて、友だち甲斐のあるやつなのだ。

クラスのとげとげしい雰囲気は、下校の時間になっても変わらなかった。

光希は、教室を出ていく茗子のそばに寄りそう。

すると、銀太と遊まで、その少しうしろのほうを歩いてついてきた。

まるで護衛のような光希たち三人を見て、茗子は明るく笑う。

「大丈夫だよ、そんなに気にしなくて」

でも光希は、茗子がなんと言おうと今日はそばにいる、と決めていた。

「今日はいっしょに帰る」

「クラブは？」

「いい」

しばらく歩くと、茗子はぽつりとつぶやいた。

「なんか、離れていても好きな人がいるって思えるだけでも、幸せだなって」

きっと私はそんなふうには考えられない、と光希は思った。

好きな人とはいつでもいっしょにいたいし、離ればなれになるのは耐えられないだろう。

「やっぱり、茗子は大人だな」

「そうでもないよ」

「私なんかいつまでも子どもで、親離れできないし……」

「いいの、光希はこのままで」

子どもあつかいされて、光希はむくれた。

「ずるいよ!!」

二人は顔を見合わせて、ぷっとふきだす。

いつの間にか茗子の笑顔は、いつもの笑顔にもどっていた。

十二月。

旅じたくをした光希と遊の両親たちが、大はしゃぎで車に乗りこむ。

ついに婚姻届けを出しにいくというのだ。そして新婚旅行にも。

両親たちは笑顔で手をふり、旅立っていった。

そんな両親たちを見ていると、光希は今でも少しさびしくなった。


さびしさをまぎらわすために、光希は少し歩くことにした。

両親たちを見送ったあと、ぶらぶらと近くの公園まで歩き、思い立ってブランコに腰かける。

だまってついてきた遊が、光希のそばに立ち、ぼそりと言った。

「役所に届けを出して、その足で新婚旅行って、お気楽だよな」

「そうだね」

「……なに。まだ吹っきれてなかったの？　再婚のこと」

「今日から私は、ママの籍を抜けて、パパと千弥子さんの籍に入るんだなぁと思って。形だけかもしれないけど、ママとはもう家族じゃないんだ」

光希がゆっくりとブランコを揺らす。

こうしていると、どうしても子どものころを思い出してしまう。

「よく公園でパパとママにブランコ押してもらったんだよね。かわりばんこに」

「俺たちもう子どもじゃないんだよ」

そんなこと、遊に言われなくてもわかってる。

……と口ごたえしてやりたかったけれど、ぐっとおさえた。

こんなところでケンカなんかしたら、それこそ子どもだと言われそうだ。

「いいかげん、人は人、自分は自分って割りきらないと。大人になれよ」

そう言うと、遊は光希の座るブランコに飛び乗った。

わざと勢いよくこぎ、光希をこわがらせて笑う。

「いやーっ！　あぶないでしょ、おりてよ！」

「なぐさめてもらえるとか思ったの？　甘いね」

そうだった。こいつはママレードみたいに苦い男だったのだ。

甘そうな顔をして、とげとげしいことを平気で口にする。

「そういうとこ、ムカつくの！　やっぱり遊は遊だね」

と光希が文句を言ったそのとき、遊がブランコをおり、道路のほうへ早足で歩いていった。

「遊！　どこ行くの！」

光希が追いかけていくと、その先には一台の車が停まり、青年が立っていた。

「あの人……」

見覚えがあった。図書館で遊といっしょにいた大学生だ。

大学生は、遊に微笑みかける。

「どうする、遊？　来るの？　来ないの？」

遊が「ちょっと待ってください」と言って光希を見る。

「遊が行くなら、私も行く」

光希は答えた。

この人が何者なのか、これからなにが起こるのか、さっぱりわからないけれど——。

6 真実はどこに？

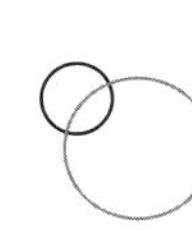

大学生の名前は、三輪悟史といった。

光希と遊は、悟史の運転する車の後部座席に乗っている。

「建築家の三輪由充って知ってる？　三輪は僕の父で、遊のお母さんの千弥子さんは、若いころ、父の秘書をしていたんだ」

遊がスマホで三輪由充のホームページを開け、本人の画像を光希に見せた。

世界で活躍する有名な建築家で、今はドイツで仕事をしているそうだ。

この人と遊に、どんな関係があるというのだろう。

悟史が説明を続ける。

「偶然、若いときの母の日記を見たら、千弥子さんと父が不倫の関係にあるって書いてあったんだ。千弥子さんは父の子を妊娠しているって……自分に弟がいるなら、ほうっておけないと思った」

「弟……」

と光希はつぶやいた。

つまり、悟史と遊は、異母兄弟っていうこと？

ずっと前に遊が「父さんは、俺の本当の父親じゃない」と言ったのは、このことなの？

「父がドイツからもどる日を待って、今日になったけど――」

じっとだまりこくっている遊に、悟史が「大丈夫か？」と声をかける。

「今なら、大丈夫な気がします」

遊はずっと、自分の出生の秘密を知りたいと思ってきた。

けれど、やはりどこか怖さもある。

ただ、今ならきっとひるまずに会えそうな気がしていた。

三人を乗せた車は、海をのぞむ大きくモダンな建物の前で停まった。

ここが三輪家だった。

海に面した明るい応接間に通された光希と遊は、並んでソファに座った。

三輪由充はソファに座らず、少し離れた作業机に向かっている。写真よりずっと若く精悍に見えた。はっきりした顔だちは、遊に似ていなくもない。

ひととおりのあいさつを終えると、遊は静かに話しはじめた。

「亡くなった祖母が父宛てに出した古い手紙を、偶然見つけてしまったんです。『前の恋人との赤ちゃんがおなかにいる女性と結婚して、本当にうまくやっていけるのか？』

由充はだまって聞いていた。

「『その子どもを、妻を、愛しつづけていけるのか？　あなたが幸せになれるか心配だ』……そういう内容でした」

要士の母、つまり遊のおばあさんは、前の恋人の赤んぼうがおなかにいる千弥子と結婚して、この先やっていけるのかと、要士に手紙を出したのだ。

「僕の母さんの日記に書いてあることとも一致するんだ」

悟史が言うと、遊は静かに立ちあがり、由充に近づいていった。

「あなたは、僕の父親なんですか？」

応接室が、しんと静まりかえる。

由充がふうと息をつき、いすに深く腰かけなおした。

「――その『前の恋人』が私だと思っているのか？　……うーん、君たちはたいへんな誤解をしているようだ」

遊と光希、そして悟史は息をのむ。

誤解。

どういうことだろう？

「松浦くん。気の毒だが、きみの父親探しの答えは、私じゃない。別の人だよ」

由充が言うと、悟史がつっかかる。

「父さん！　見苦しいよ。今さら、しらばっくれるなよ！」

由充は苦笑いをする。

「若いころ、いろいろやんちゃをやって、母さんを悲しませたことは認めるよ。でも、千弥子さんの件は、本当に母さんの誤解なんだ」

「……なんだよ、それ」

悟史はいらだっていた。

「千弥子さんは魅力的な女性だった。何度か食事に誘ったが断られた。学生時代から付き合っている恋人がいると言われてね。それがきみのお父さんだと思ってたんだが。思いきってご両親に聞いてみたら――」

「できません」

遊はきっぱりと否定した。

「気まずくなりたくないんです。聞けません」

遊が要士の子どもではないことは、仁と留美は知らない。

パートナー交換をして再婚をした二人に、それを知らせるわけにはいかなかった。

ここまで来たのに、結局、真実はなにもわからないまま。

遊と光希は、やるせない気持ちで、三輪家をあとにした。

遊は途方に暮れた様子で、海辺の公園へとふらふら歩く。

夕日が空を赤く染める中、じっと立ちつくし、海をながめつづける。

寄せては返す波の音が、二人の耳にせつなくひびいた。

「そろそろ帰ろうよ、遊」

「だから先に帰ってろって」

置いていけば、遊はいつまでもここに立っていそうだった。心配で、先に帰ることなんてできない。

十二月、季節はもう冬。

帰ろうとする気配のない遊の背中に、光希が声をかける。

「ねえ、風が冷たくなってきたよ。風邪ひいちゃうよ」

「そういやちょっと寒いな」

「そういやって……」

遊がおもむろに光希のほうを向く。そして言った。

「あっためてくれる？」

「えっ？」

光希は少しおどろいたあと、遊の顔へ両手をのばし、手のひらで冷たい頬を包んだ。

遊は頬に置かれた手を握り、光希を引きよせ、ぎゅっと抱きしめた。

ふだんとはちがう気弱な遊に、光希は少しとまどってしまう。

「俺、父さんの本当の子どもじゃないって知ったとき、正直、ショックだった。自分は生まれてくるべきじゃなかったのかなって——」

遊の声はかすれていた。

波の音にかき消されそうなくらい心もとなくて、ときどきとぎれる。泣いているのだ。

「——一人で苦しんだ。家族なんていらない。なにもかもが嫌になってテニスのクラブも辞めた」

見た目は甘いのに、態度は苦いママレード・ボーイの遊。

どこかふわふわしていて、つかみどころがなくて。

もしかしたらそれは、毎日こんなふうに悩みながら生きてきたからなのかもしれない。

「でも、中絶しないで産んでくれた母さんにも、俺を育ててくれた父さんにも感謝しなきゃ、って思うようになった」

光希は遊をしっかりと抱きしめた。

いつもはふてぶてしいことばかり言う遊が、今はまるで小さな子どもみたいに泣いている。

守ってあげなければならない、小さくてか弱い生き物のように思えた。

「それからは人を信じるのが怖くなった。信じてもいつか裏切られる。だれかを好きになっても、その気持ちはいつか変わっちゃうかもしれない。そう思うと、素直になれない。どうでもいいやって思うようになった」

「……どうでもよくないよ」

光希がそう言うと、遊がそっと体を離した。

それから我に返ったように、光希を見つめる。

「家族がちゃんといるじゃない。そりゃ、ちょっと普通とはちがって変な家族だけど、血なんかつながってなくたって、要士さんもパパもママも、もちろん千弥子さんも、みんな遊のこと愛してる。大事な家族だって思ってるんだよ」

光希にとっても、遊は大事な家族。

そして――。

光希が、「らしくないよ」と言って歩きだすと、遊はきまりが悪そうに笑い、ほっぺたの涙を手でぬぐった。

「ねえ、遊。いつか保健室で、私にキスしたよね」

「したよ」

遊が一歩だけ、光希の近くへ進む。光希は一歩だけ、うしろにさがる。

「どうして」

「……光希が好きだから」

それは、ふざけたり、からかったりするような口調ではなくて。

まっすぐで、なんの混じりけもない言葉だった。

「会ったときから、泣いたり笑ったり、さわがしくて素直で、純粋で一生懸命で、思ってること全部隠さないで表に出す。こんな子とずっといっしょにいられたらいいなって、思ってた」

遊はおだやかに微笑んで一歩進む。光希が一歩、あとずさる。

「だから、好きなんだ」

「……私も、遊が好きだよ」

すると、遊はまたかわいくないことを言いはじめる。

「ムードに流されてテキトーなこと言うなよ」

ちょっと油断するとコレだ。

でも。

そんなところも全部ふくめて、光希は遊のことが好きだった。

「ちがうよ！　ホントに好きなの！」

むきになってそう言うと、遊はいっきに距離を縮めて近づき、光希を抱きすくめた。

「……私が恋してるのは……いつもくやしいくらいドキドキさせられるのは、遊だけなんだから……」

海風にさらされた光希の頬や手は、冷たくこごえていた。

遊は、光希の青ざめた唇に指で触れる。

「すっかり冷えちゃって。俺のせいだな。ごめんな」

光希はだまって見あげ、そっと目を閉じる。

その冷たい唇に、遊はキスをした。

保健室でのキスよりも、ずっとやさしく、あたたかいキス。

唇をはなし、少し照れくさくなった二人は、額を寄せあってくすくす笑いだした。

数日後、遊は亜梨実に連絡し、学校帰りに公園で待ちあわせをした。

光希と付き合いはじめた、と言っておくためだ。

そのことを手みじかに伝えると、意外にも亜梨実はあっさり納得した。

「そっか。遊はいつでも他人と深くかかわるのをためらってたけど、ようやく本音でぶつかれる相手に会ったんだね」

「これからは変わりたいと思ってる。光希のおかげだ」

「それが私じゃないのが残念だけど」

いつもは勝気な亜梨実が、ふとさびしげに笑う。

「最後に一個だけ、お願い聞いて」

「なに？」

「ギュッてして」

遊はうなずいて、亜梨実をギュッと抱きしめた。

亜梨実はちゃんと決めていた。「これでおしまい。邪魔はしない。きっぱりとあきらめる」と。

突拍子もないことを言い出すこともあるけれど、筋は通す。

亜梨実はそういう人間だった。

光希も遊も、両想いになったことを両親には秘密にしていた。
友だちには言える。
でも、親たちにはやっぱり言えない――。
両親が仕事から帰ってくるまでの時間や休日は、いつも二人きりで過ごす。

今までどおり、家事をしたり宿題をしたりして、何事もなく振る舞っているから、両親たちもとくに二人の仲をあやしんだりはしていないようだった。

冬晴れの日曜日、光希は寝室で掃除機をかけていた。

ふと手をとめ、鏡台の前に置いてある千弥子のネックレスを見つめる。とてもきれいなネックレスで、試しにつけてみたくなった。

光希がネックレスをつけて鏡に見入っていると、遊が部屋をのぞく。

「やっぱ千弥子さんて、センスいいよね。このネックレスもすっごくかわいい。ね、どう?」

「うーん。どうかな。やっぱり光希は、もう少しシンプルなのが似合うと思うよ」

「たとえばどんなの?」

すると、遊が小さな紙袋を差しだした。中には小箱が入っている。

「これとかさ」

「えっ……なにこれ?」

「プレゼント」

「今日、なんかの記念日だっけ？」

「俺たちが出会って、ちょうど半年目」

あれからもう半年。あっという間だった。

出会ったころは、口が悪くてイヤなやつだと思ったけれど、今はちがう。

光希にとって、遊はかけがえのない存在になっていた。

それは遊にとっても同じだ。

「……遊」

箱の中身は、華奢なゴールドのブレスレットだった。

遊が光希の腕を取り、手首にブレスレットをつける。

光希が見つめると、遊も見つめかえした。

二人がキスをしようとしたその瞬間——。

「ただいまー」

玄関のドアが開く音がし、千弥子の声が廊下にひびいた。つづいて留美の声も。

「私もただいまー。スーパーで千弥子さんとばったり会っちゃって、アイス買ってきたわよー。光希、遊くん」

どうしよう！

寝室にいた二人は、あわてて隠れられる場所を探し、すぐそばのクローゼットの中に飛びこんだ。

そのあいだにも、千弥子が「二人ともまだ帰ってないんじゃない？」と言いながら寝室に入ってきた。

「あー、疲れた」

と、鏡台の前に座り、化粧を落としはじめる。

狭いクローゼットの中で、光希と遊は向きあってぴったりくっついていた。

くっつきすぎて、二人の心臓は飛びだしそうなほどドキドキしている。

ふいに遊が、光希に顔を近づけた。

もう少しで唇が触れるというそのとき、クローゼットのドアが開いた。

「……なにやってんの？」

千弥子が目を丸くして二人を見つめている。

「……あ。俺、のど渇いちゃった。ちょっと外でジュース買ってきます」

遊が苦しまぎれの言い訳をしてクローゼットを出ていくと、光希も出ていって掃除機を片づけはじめた。

「私も掃除のつづきしなくちゃ」

千弥子はびっくりした顔のまま、部屋を出ていく二人を見送った。


ジュースを買うという口実で先に家を出た遊を追って、光希も外へ出た。

空は青く、風がピリッと冷たい。

歩道橋で遊に追いついた光希は、階段を駆けあがってとなりに並んだ。

「バレたかな」

光希が笑うと、

「さあ」

と遊は肩をすくめ、光希の手を握る。光希も握りかえし、はにかんで笑う。

六人家族がいっしょに暮らしはじめたとき、母の留美に「遊くんを好きになっちゃダメ」と念を押されたことがあった。

あのころは、意地悪な遊のことを好きになるわけがないと思っていたけれど……今はもう、遊への想いを止めることなんてできなかった。

寒空の下で寄りそい、しばらくだまって歩いていると、ぽつりと遊が言った。

「旅行、行こうか、光希」

「え？」

「旅先だったら、人の目とか気にしないで、のびのびできるだろ」

知っている人が一人もいない場所でなら。

きっと、だれにも遠慮せず、こうして手をつないで歩くことができる。

「そうだね。うん。……楽しいよね、二人で旅行。うん、絶対行こう！」

光希は大はしゃぎでそう答えた。

茗子には、両想いになったことを真っ先に伝えてあった。

学校のお昼休みに、外のベンチでお弁当を開きながら、茗子がしみじみと言う。

「そっか。光希は今、幸せなんだ」

「うん。幸せ。両想いってこんなに楽しいんだね。はじめて知った」

「そっか……」

はっと気づいて、光希ははしゃぎすぎたことを反省した。

茗子は、名村先生と別れてしまったばかりなのに。

「……ごめん。私ばっかり幸せになっちゃって」

「私も幸せだよ、光希」

「そう？」

茗子は深くうなずいた。

「心の中に好きな人がいる。それだけで、十分幸せだよ」

「……そっか」

光希がほっとして微笑むと、茗子も微笑む。


このときの光希は、まだ知らなかった。

この幸せが、まもなくこなごなに壊れてしまうということを。

十二月も半ばになり、空気はますます冷たくなっていった。

遊がリビングの窓から庭を見ると、デッキの明かりがチカチカ点滅している。蛍光灯が切れかかっているのだろう。新しい蛍光灯は、たしか納戸にあったはず。

「蛍光灯、蛍光灯……」

遊は納戸に入り、無造作に置いてある段ボール箱を開ける。

すると箱には、古いアルバムがぎっしりと詰まっていた。

「なんだこれ」

一冊取りだし、開いてみる。

そこには、子どものころの遊と、千弥子、要士の記念写真が貼られていた。小学校の入学式。この写真は覚えている。

ページのうしろから前へめくっていくと、子どもだった遊はだんだんと小さくなり、最初のページの写真では赤ちゃんになった。

千弥子がまだ赤ちゃんだった遊を抱いて、幸せそうに笑っている写真だ。

髪型や着ている服が、ちょっと古い。

「若いな」

ぼそりとつぶやいて、別のアルバムを出してみる。

このアルバムは、今まで見たことがなかった。

表紙をめくると、結婚前の千弥子と要士の写真があらわれた。

とそのとき、ページのすきまから、一枚のスナップ写真がするりとすべりおちてきた。

写真を手に取った遊の顔が、見る見る青ざめていく。

「……うそだろ」

しばらくのあいだ、ぼうぜんとして写真を見つめていた遊は、それをポケットにしまい、
ふらふらと立ちあがった。

7 離れていく二人

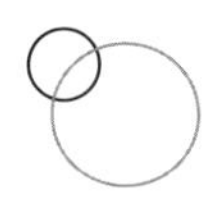

アルバムを元にもどした遊は、リビングにもどって部屋の明かりもつけずにソファに座った。

頭が混乱していて、うまく考えがまとまらない。

するとそのとき、光希がアルバイトから帰ってきた。二人で旅行に行こうと決めたあと、光希はジェラート屋でアルバイトをはじめたのだった。

「ただいまー！」

光希は元気いっぱいにリビングへ入り、まずは明かりをつける。それから「じゃーん！」と言いながら、遊に銀行の通帳を見せる。

「今日、バイトのお給料が出たんだ。これで冬休み、どっか旅行に行こうよ」

遊は、無邪気にはしゃぐ光希を、力なく見つめる。

「あとね、見せたいものがあるの。手、出して」

「あ、うん」

光希はソファに座り、遊の腕を引っ張った。

放心状態の遊は、光希が手首になにかを巻きはじめるのを、ぼんやりとながめる。

手首にあったのは、真新しい腕時計。

「この前のプレゼントのお返し。そんなに高いものじゃないけど」

「ありがとう」

光希はにこっと笑い、顔を寄せて遊にキスをしようとした。

とっさに遊がよける。

「ごめん、ちょっと今日……」

「なに？」

「風邪気味なんだ。部屋で寝てくる」

そう言うと、遊は部屋を出ていく。

残された光希は、ぽかんとして遊のうしろ姿を見つめた。

あの日から、遊の様子がおかしい。

いつもいっしょに下校していたのに、光希が誘っても断られてしまう。

「遊、今日いっしょに……」

「先に帰ってて。俺、図書館で勉強してから帰る」

「……あ、そう」

遊が図書館で勉強しているのは、前から知っていた。だから、特別に避けられているのだとは思わなかった。

それでも、笑顔を見せてくれないのはなんだかさびしい。

それから数日後の夜。

光希たちが夕食の準備をしていると、遊が突然言った。

「京都の大学に行きたいんだ」

みんなはおどろいた。

とくに光希は、自分の耳をうたがうほどびっくりしてしまった。

「えっ……？」

そんなこと、一度も聞いていない。

どうして教えてくれなかったのだろう。

遊はもう大学のパンフレットを用意していて、それを要士にわたして見せる。

「この大学なんだけど、建築学科がすごく充実してて、有名な建築家が何人もいるんだ。

俺、いずれはその道にすすみたいと思ってるから」

両親たち四人は、テーブルを囲んで座りつぎつぎにパンフレットをまわして読んだ。

みんなが感心する中、光希だけはぼうぜんとして話が頭に入ってこない。

「遊くんはしっかりしてるな。早いうちからすすみたい道がはっきりしていて」

仁が言うと、留美もほめる。

「光希に爪の垢を煎じて飲ませたいわね」

「父さんはどう思う？」

遊が要士にたずねる。

「反対する理由がないよ。千弥子もだろう？」

「ええ」

千弥子がうなずいた。

「だったら、もうひとつお願いなんだけど、早く京都に行って入学の準備をはじめたいんだ。むこうの高校に編入の手続きを取って」

光希はドキリとした。

遊が京都へ行ってしまえば、離ればなれになる。そんなのはいやだった。

それよりも、なぜ遊がひとことも相談してくれなかったのか、気になってしまう。

冬休みにはいっしょに旅行に行こうと言っていたのに。

(私のことを好きだって言ってくれたのに……なんで?)

「どうしてそんなに急ぐんだ?」

と要士が聞く。

「早く京都に慣れたいんだよ。予備校の情報もむこうのほうが充実してるし」

「せっかちねぇ。思い立ったらもう、待てないんだから」

そう言って、千弥子が笑う。

光希だけが、青ざめた顔で視線をただよわせていた。

なぜ? どうして?

そればかりが頭の中で渦巻いている。

ふいに遊が立ちあがった。

「じゃ、俺ちょっとコンビニに行ってくる」

遊が出ていくと、光希はたまらずにあとを追った。

前を歩く遊は、考えごとをするかのようにうつむいていた。

「遊！」

名前を叫ぶと、立ちどまって振りかえる。

「遊、なんでなの？」

だまったまま、遊は答えなかった。

「京都に行くって、なんで言ってくれなかったの？」

「おまえに関係ないし」

「関係なくないでしょ！」

心を開いてくれない。なにも教えてくれない。

遊は、以前のなにを考えているかわからない遊に逆もどりしていた。

「ごめん」

「ごめんってなに？　なにがごめんなの？」

「俺……光希のことが――」

遊の表情は、言い訳を探しているかのように苦しげだった。

「――恋人とかそういうふうに、見られなくなった」

そんな。

もしかして、このあいだからずっと私を避けていたの？

無口になって、いっしょに帰ろうと言っても断って。

私がなにかしたの？

わけがわからない……。

「特別な感情がなくなったんだ」

「うそ」

遊はおしだまっている。

光希の目から涙がこぼれ落ちた。

光希は、迷子のようにわんわんと泣きはじめ、「やだ」をくりかえす。

「やだ！　そんなの絶対にやだ！」

腕をつかんですがっても、遊は表情ひとつ変えなかった。

「お願い！　考えなおして。悪いとこがあったら直すから……」

「おまえのせいじゃないんだ。俺が身勝手なんだよ。俺の気持ちが勝手に冷めたんだ」

遊は、光希の肩に手を置いてそっと押し、背を向けた。

「じゃあ、行くから」

「やだ……行っちゃやだ！　ゆう!!」

遊は振りかえらなかった。

みっともなく泣きくずれる光希を置きざりにして、一人で歩いていってしまった。

冬休みの旅行の計画は流れてしまった。

光希はそれでも、ジェラート屋のアルバイトをつづけていた。

冬休みのある日、めずらしく銀太が店にやってきた。

休憩時間になり、二人は店の外のベンチに座る。

二人とも、なんとなくぎこちない。

「よかったな」

銀太は、とまどいながらも明るく言う。

「……えっ、なにが？」

「松浦と付き合ってるんだろ。よかったな、両想いになれて」

「ああ……うん」

両想いにはなれたけれど。

もう終わってしまった。でも、それを銀太には言えなかった。

光希は今でも、なぜこんなことになってしまったのか、わからないのだ。

だから言えない。

「ごめんね。言いそびれてて」

「謝んなよ」

なにも知らない銀太は、一生懸命に光希を祝福してくれようとする。

「これからも、友だちでいてやるよ」

光希は、うんとうなずいた。

「その代わり、あいつに泣かされるようなことがあったら、いつでも俺に言えよ」

「……銀太。やっぱりいいやつだね」

「あたりまえだ」

銀太の言葉がありがたかった。いつも助けられてばかりだ。
でも、こんなにいいやつだし、昔は恋をしていたけれど、今は友だちとしか思えない。
遊も、私に対してそういう思いなのだろうか。
時間が経てば、また私と遊はただの家族になれるのだろうか。
私と銀太が友だちになれたように――。
考えれば考えるほど、光希は悲しくなるばかりだった。

年明け早々、遊は京都へ行ってしまった。
別れのあいさつは、あっさりしたものだった。両親たちにも、光希にも、同じように「行ってきます」と言っただけ。

遊を見送ったあと、光希は涙をこらえて、そっと遊の部屋へ入った。
つい数時間前まで遊のいた部屋は、まだ遊のぬくもりが残っているようだった。
窓からは月の光が差しこんでいる。
光希は明かりもつけずにいすに座り、部屋を見わたす。
壁にかかった時計やベッドはそのままだ。
置いていかれた本や小物が、静かにたたずんでいる。
服がかけられていないハンガーは、とてもさびしそうに見えた。
薄暗い部屋の中で、光希の頭は遊のことでいっぱいになる。
夜行バスにはちゃんと乗れたかな。寒い思いをしていないかな——。
腕をあげてデスクライトをつけると、遊からもらったブレスレットが揺れた。
もう忘れなくちゃ。
光希は、ブレスレットを見つめながら、声を殺して泣きだした。

8 やさしいうそ

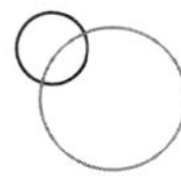

それから数ヶ月が経った。
高校を卒業した光希は、長かった髪をばっさり切ってボブにした。
心機一転、新しい気持ちで前にすすみたかった。
遊からの連絡は一度もない。

四月。
光希は大学生になっていた。
今日は、広島へ嫁いだ茗子と会う約束をしている。
なんと茗子は高校を卒業するとすぐに、名村と結婚したのだった。
待ちあわせの駅できょろきょろしていると、遠くから茗子の声が聞こえてきた。

「光希!!」

振りかえると、茗子がこちらに来るのが見えた。

手に持っているのは、広島のお土産。少し見ないあいだにずいぶん大人っぽくなっている。

茗子の笑顔は青空のように明るくて、幸せに過ごしていることがすぐにわかった。


カフェでおしゃべりをする二人は、高校時代にもどったような気分になった。

「お姑さんたちと同居なんだ！」

光希がおどろくと、茗子がうなずく。

「うん。お義父さん、お義母さん、お義兄さん、お義姉さん、甥っ子姪っ子。大家族なの。朝から晩までさわがしくてたいへん」

「へええ……」

なんともびっくりする話だ。

今まで茗子は、物静かな——というより、ギクシャクした冷たい家庭で過ごしていた。

それなのに、いきなり大家族の中にほうりこまれて、大丈夫なのだろうか？

「でも楽しいの。世の中にこんな仲いい家族がいるんだなって、すごい発見。思いきって飛びこんで、本当によかったよ」

「茗子はえらいよね。思いを貫いたんだもんね」

遊への思いも、茗子みたいに貫く価値はあるだろうか、と光希は思った。

貫いてもむだなんじゃないだろうか。

もし遊がもう自分に興味がないなら、一方的に思っていてもただ迷惑をかけるだけだ。

だとしたら、きっぱり忘れて、ほかの恋を探したほうがいいに決まっている。

「先生には何回も帰れって言われたよ。ご両親のそばで、大学だけでも出ておけとか。でも、私、がんこだから」

「うん。知ってる」

二人は顔を見合わせて、ふふっと笑った。

「光希はどうなの？　大学、楽しい？」

「楽しいよ。でも……」

「でも……？」

光希の手首には、まだブレスレットが巻かれていた。

それをそっと触る。

「やっぱり遊くんのことが忘れられない？」

「……うん」

「ねえ、一度、京都へ行ってみたら？」

「京都に？」

「ちゃんとお別れも言えてないんでしょ？　どんな結果になるとしても、一度会って、ちゃんと気持ちに整理をつけたほうがよくない？」

そのとおりだった。

ちゃんと整理をつけていないから、いつまでも引きずってしまう。

とにかく会ってみよう。

今でも好きだということを、伝えるだけ伝えてみよう。

光希は、そう決心した。


それから数日後、光希は京都へ向かった。

遊の通う大学へ行き、キャンパス内を歩いて回る。

ただ歩いて探すだけで遊が見つかるとは思えなかったけれど、連絡をして「来るな」と言われるのも怖かった。

(遊はここで、私とは別の生活を送っているんだ……)

そう考えると、胸がせつなくなる。

ふと遠くを見ると、遊の姿が目に飛びこんできた。

一瞬、パッと顔を輝かせた光希は、すぐに息をのむ。

明るい色だった髪は、黒く変わっている。まるで別人みたいだ。

それに、遊は一人ではなかった。

となりに、垢ぬけたかわいらしい女子学生がいたのだ。

思わず顔をそむけ、正門のほうへ早足で逃げた。

木の陰にもたれて息をつく。ほかのだれかといっしょにいる遊を見るのがつらかった。

しばらくその場で立ちすくんでいると、ふいに名前を呼ばれる。

「光希」

振りかえると、遊がいた。

隠れたつもりなのに、いとも簡単に見つかってしまった。

「やっぱり光希か。なにしてるんだよ。来るなら来るって言ってくれないと。たまたま会えたからよかったけど」

「あ、うん。ごめん」

遊のうしろには、さっきの女子学生がいる。

「松浦くん、私、帰るね」

そう言うと、手を振って去っていった。

彼女を見送った遊が、光希のほうへ向きなおる。その表情からは、遊がなにを考えているのか読みとることができなかった。

「今の人……カノジョ？」

「うん」

「そっか」

見た目がよくて、ちょっとクセはあるけれど性格だって悪くない遊を、女の子がほうっておくはずがない。

こうなることは予想していたけれど。

実際に知ってみると、やっぱりショックだった。

それでも光希は、悲しい気持ちをこらえて、むりやり笑ってみる。

「遊がどうしてるかと思って……気まずいまんま別れちゃって、遊に悪いことしたなって。

それで、私は大丈夫だよって言いに来たんだ」

「そう」

遊はそっけない返事をした。

「でも、カノジョとかいるなら、そんなことわざわざ言う手間も省けたっていうか。うん、来てよかったよ。……帰るね」

「送るよ、駅まで」

光希は断らなかった。

できるだけ長い時間、遊のそばにいたかった。

駅のホームのいすに、並んで座る。

遊の手首を見ると、光希のプレゼントした腕時計がはめてあった。

「……時計、してくれてるんだね」

「うん」

うれしいけれど、喜んでいいのかどうか、光希にはわからなかった。

その時計が別の女性からプレゼントされたものだと知ったら、きっとカノジョは悲しむ。

「カノジョいるのに、ダメじゃん」

「おまえもしてるじゃん」

「私はいいんだよ。だって――」

光希はブレスレットに触れた。

「――だって」

だって、私は遊のことだけが好きだから。

その言葉をぐっと飲みこんで、光希はうつむいた。


電車がホームに入ってきた。

二人は立ちあがったものの、おたがいに向きあったまま、そこから動くことができなかった。

発車の音楽が鳴ると、光希は思わず、遊の袖口をつかんだ。


行きたくない。

帰りたくない。

このままずっと、遊のそばにいたい。


光希がうつむいているあいだに、電車のドアが閉まり、出発してしまう。

「ごめん。つぎの電車に乗るから」

ぽつりとつぶやく光希に、遊が言う。

「……光希。光希にもいつかできるよ、好きな人が」

「そうかな」

遊はなにも答えない。

ただ離れていくだけで、なにも言ってくれない。

光希には遊の考えていることがわからなかった。

「たぶん私は遊のことがずっと好きなんだよ。これからもずっと。そんな気がする」

「そんなんじゃダメだよ」

いつになく深刻な口調の遊に、光希はおどろく。

「——光希も好きな人を見つけなきゃ……ダメなんだ……」

「なんでそんなこと言うの？　遊はいいよ。だれを好きになっても。でも、私の気持ちは私の自由にさせてよ」

思いのたけをぶつけたら、止まらなくなった。

考えていることを、感じていることを、みんな言ってしまいたかった。

「遊と離れて、ずっと苦しかった。私だって、できれば遊のこと嫌いになりたいよ。でもできないんだよ！」

遊を見あげると、言葉の代わりに涙があふれだす。

遊は光希の頬を伝う涙を、指でぬぐった。

「俺も、光希が好きだよ――」

えっ？

どういうこと？

光希が驚いていると、遊は苦しげにうつむいた。

「――うそついた。ごめん。あれはカノジョじゃない。友だちなんだ。光希にあきらめてもらいたくて、うそついたんだ」

遊は声を殺して泣いていた。

「なんで？　なんのためにそんなうそ……」

説明はあとですると言って、遊は光希を、自分の住むアパートに連れていった。

9 もう戻れない

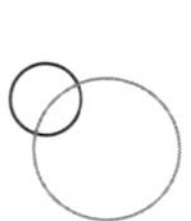

アパートの部屋は、こぢんまりしているけれど天井が高く、まるで外国の部屋のようだった。

遊が見せたのは、一枚のスナップ写真。

まだ結婚する前の両親たちが写っていた。

しかし組みあわせは要士と留美、仁と千弥子。

パートナー交換をしたあとの組みあわせだ。

光希はベッドに座り、その写真をまじまじと見つめた。

「なにこれ……」

「納戸の荷物の中に見つけたんだ。母さんたち、若いときに知りあってたんだよ」

衝撃が大きすぎて、光希は言葉も出てこない。

「父さんと結婚したとき、母さんのおなかにいた俺の父親は、仁さんだったってことになる」

「……うそ。そんなの、ありえないよ」

「いや、ありえる。四人の様子を見てて、今まで変だって思わなかった？」

そう言われてみれば、たしかに変だった。

千弥子が留美のことを呼びすてにし、はっと気づいて「留美さん」と言いなおしたことがある。ほかの三人に関しても、同じようなことがたびたびあった。

ハワイ旅行で初めて会ったにしては、おたがいのことをよく知りすぎているのもおかしい。

「こんな大事なこと、なんでパパもママも言ってくれなかったの？　ひどいよ！」

光希と遊の父親が、同じ人だったなんて。

それを隠していっしょに暮らしはじめたなんて。

もしひとことでも教えてくれていたら――。

「私、家に電話する。パパとママに聞いてたしかめてみる」

光希がスマホを手に取ると、遊はそれを止めた。

「やめろ！」

遊が首を横にふる。

「このこと、留美さん、おまえのお母さんは知らない可能性がある」

「あ……」

その可能性は、十分にあった。

留美だけは、なにも知らずに仁と結婚したのかもしれない。

「今さらさわいだって、家族がめちゃくちゃになるだけだ。どっちみち、あきらめること
に変わりはないだろ」

遊が苦しげな表情を浮かべる。

「俺たちは、血がつながってるんだ。だからダメなんだよ。どんなに好きでも」

光希がうつむく。目の前が涙でにじんだ。

今すぐあきらめるなんて、できなかった。

このまま遊と離ればなれになるのは嫌だ。

光希は立ちあがり、窓を開けて顔を出す。

やわらかい春の日差しが心地よかった。

「旅行に行こう、遊」

「えっ？」

「約束してた旅行につれてって。旅行のあいだは元の二人にもどって、思いっきり楽しく過ごすの。そしたら、私、遊をあきらめる」

だれにも邪魔されずに、二人だけで過ごしたい。

楽しい思い出ができれば、遊のことはきれいに忘れられそうだ。

「これが最後なんだから。お願い」

光希が微笑むと、遊も笑ってうなずいた。

その足で、二人は旅に出た。

行き先は、遊の見たい建築物がたくさんある九州。

二人で美術館や庭園をめぐり、建築物の写真を撮る。

動画もたくさん撮った。歩く姿、しゃべる声。おたがいの一瞬一瞬を残しておきたかった。

「ごめんな。俺の趣味に付き合わせて。退屈じゃない？」

「そんなことないよ。遊の好きなものをいっしょに見られるの、すっごくうれしい！」

「そっか」

手をつないで。

楽しくおしゃべりして。

なにも知らない人からすれば、幸せそうなカップルが旅行をしているように見えるはず。

二人の手首には、それぞれがプレゼントしたブレスレットと腕時計。

旅行が終われば、外さなくてはならない。

「お昼はこのレストランに行ってみようよ」

光希がスマホを見せる。

「いいね」

恋人同士で食事をするのも、今回で最後。

旅行が終われば、家族として食事をしなければならない。

血のつながった、兄と妹として。

夢のような時間はあっという間に過ぎさってしまう。

夜になり、街の明かりが輝きはじめた。

見晴らしのいい高台から港の夜景をながめ、二人はしっかりと手を握る。

もうすぐ楽しい旅行が終わってしまう。


二人はホテルへ帰り、おしだまって廊下を歩いた。

宿泊している部屋は、廊下を隔てて向かいあわせだった。

部屋の前で立ちどまると、光希が言う。

「楽しかったね」

「うん」

「ありがとう」

名残り惜しくて、部屋にもどりたくない。

このまま時間が止まってしまえばいい。

その思いを断ちきるように、光希は言った。

「じゃ、おやすみなさい」
遊が答える。
「おやすみ」
光希が部屋に消え、ドアが閉まった。
遊はだまってその様子を見つめていた。
行くな、と言いたかった。
けれど、それを言えば、二人の決心が揺らいでしまう。
もどろう――。
遊は自分の部屋のドアノブに手をかけた。
するとそのとき、光希の部屋のドアが開き、光希が飛びだしてきた。
そのまま遊の背中に抱きつく。
遊は光希の腕を引いて、自分の部屋に導きいれた。

二人はしっかりと抱きあった。

「なにも怖くない。遊だけいればいい」

光希がつぶやくと、遊の目から涙がこぼれおちた。

「俺も、あきらめるなんて、やっぱりできない」


同じ気持ちだった。

好きで、大好きで、離れることなんてできない。

昼間はおさえていた感情が、あふれでていく。


「俺、覚悟を決めたよ」

光希が顔をあげる。

「常識だってモラルだって、光希のためなら破ってやる！」

「遊……」

二人はまたきつく抱きしめあう。

そして、このぬくもりを信じてすすもう、と心の中で誓った。

そうと決まれば早いほうがいい。二人は一秒でも早く帰り、誓いを両親に伝えたかった。

朝一番の新幹線に乗り、家に向かう。

そのあいだ、二人はなんども確認しあった。

「ものすごくつらく苦しいことだと思う」

「うん」

「子どもはつくれないし……うしろめたい気持ちに付きまとわれるだろう」

「うん」

「自分を責めながら一生を送ることになるかもしれない。それでも耐えてみせる」

「うん」

「おまえと生きていくためなら、なんだってやる！」

二人は、戸籍上は赤の他人。

だから結婚することはできる。

「いっしょに耐えてほしいんだ。嫌か？」

「……ううん。いっしょにがんばる。ずっといっしょに！」

二人はおたがいの手を握りしめた。

手首のブレスレットと腕時計は外していない。

この先もずっと、外さなくていいのだ。


午後十二時。家にたどり着いた二人は、玄関の前で深呼吸をした。

「もし許してくれなかったら？」

そう光希が聞くと、遊はきっぱりと答えた。

「そのときは駆けおちでもするさ」

二人は、決意に満ちた表情でドアを開ける。

「ただいま」


リビングへ行くと、両親たちがいつもと変わらない様子で過ごしていた。

仁はソファで新聞を広げていた。

要士はキッチンでスムージーをつくっていた。

千弥子はテーブルでノートパソコンを使っていた。

留美は観葉植物に水をやっていた。

四人はいっせいに、光希と遊を見た。

「どうしたんだ？」

要士がきょとんとして聞く。

「話がある」

遊が言うと、千弥子が不思議そうな顔をした。

「どうしたの？　そんな怖い顔して」

「俺たち、将来結婚したいと思ってる」

すると、両親たち四人は、全員が口をあんぐりと開けておどろく。

「えっ!!」

「血のつながった兄妹だってことは知ってる。世間で許されることじゃない。だけど俺たちいっしょに生きていくって決めたんだ」

それは、遊と光希が、ここまでたどりつくまでのあいだに、くりかえし確認したこと。

もし両親たちに反対されても、決心は絶対にゆるがない。

要士があわててキッチンから出てきた。

「なに言ってるんだ、遊」

「俺の本当の父親は、仁さんなんだろ？」

遊のそのひとことで、要士と千弥子がこおりつく。

光希は、なにも知らないかもしれない母親のことを気づかった。

留美に向かって言う。

「ごめんね、ママ。ママを傷つけることになるかもしれないけど、私、遊のことが好きなの!!」

そう叫ぶと、光希の目から、涙がぽろぽろとこぼれはじめる。

今まで我慢していたけれど、もう限界だった。

肝心なことを秘密にして、なにも教えてくれなかった両親への怒りが、とうとう爆発してしまった。

「だれも信じられない！　こんなこと隠してたなんて。遊がこんなに苦しんでいたのに、大人たちはお気楽にパートナー交換？　そんな親なんて信じられない!!　こんな家族なんて信じられない!!」

「あなたたち、何か誤解してるわ」

留美が言う。

「俺は見たんだ。四人が仲よく並んでいる写真。俺は仁さんと母さんの子どもで、光希は仁さんと留美さんの子ども……そうなんだろ？」

「待って。私が話すわ」

と、千弥子はみんなを見渡す。

「光希ちゃん、遊、ごめんね。今までだまっていて」

そして千弥子は、今までのいきさつを話しはじめた。

ゆっくりと。

光希と遊に届くように。

「たしかに私たち、昔のことを隠してた。私たちはハワイで初めて会ったわけじゃない。知

り合ったのは大学時代。今の夫婦の組み合わせで、もともと付き合っていたの」


やっぱり、遊たちの予想したとおりだった。

大学時代は、仁と千弥子、要士と留美が付き合っていたのだ。


仁が静かに話しだす。

「光希と遊くんが生まれる前の話は、二人には関係ない……。だから黙っていようって、みんなで話しあって決めたんだ」

「あのころの俺たちは、まだ子どもだった。若すぎて、学生気分がぬけなくて、大事なことを見失ってしまったんだよ」

要士がそう言うと、千弥子はうなずいた。

「私のおなかに仁の赤ちゃんができたのも事実。ただ、うまくいかなくなって、仁はロンドンへの転勤を決めてしまった。仁には妊娠を知らせないまま、私たちは別れてしまっていたの。不安だった私を支えてくれたのが、要士」

「ちょっと待って。だって、要士さんはママと付き合ってたんだよね？」

するとこんどは、留美が話しはじめた。

「私は事情を知らなかった。だから、千弥子にやさしくする要士とケンカが絶えなくなっていたの。それが原因で千弥子ともケンカになって……。仁に相談しているうちに、『ロンドンに転勤することになっているから、そのときはいっしょに行こう』ということになったの」

仁が、留美を見て懐かしそうに言う。

「あのとき支えてくれたことは、今でも感謝している」

恋人同士だった二人に生まれた誤解。

それが心を離れさせ、もともとは友だちだった相手とつなげた。

友だちだった人が恋人になり、結婚し、やがてまた友だちにもどったというわけだ。

留美は仁を見て、そして要士を見た。

「ひとことでは言えないいろんな時間があって、長いあいだに愛情が友情に変わって……。去年、私たち四人はハワイで偶然に再会したの。あのときの誤解が解けて、おたがいに昔のときめきがよみがえったのよね」

「こんなことを二人に話しても、混乱するだけだろうから隠してたんだ」

けれど、まだひとつわからないことがある。

妊娠した子どものこと。

「……それで？　千弥子さんの赤ちゃんは？」

光希が聞くと、千弥子はさびしげに微笑んだ。

「要士は、生まれたらいっしょに育てようとまで言ってくれたのに……赤ちゃん、最後までもたなかったの。もうちょっとで四ヶ月になるところだった……」

光希は息をのんだ。

「仕事は忙しかったし、まわりじゅうから反対されて、精神的にもまいってたの。限界だったのよね」

要士が言葉をつなぐ。

「遊は、その翌年に生まれた」

「そうよ、遊。あなたは私と要士が、そして光希ちゃんは仁と留美が心から愛し合って生まれた子どもなのよ」

とまどう遊に、要士が問いただす。

「遊、俺を実の父親じゃないと思ってたのか」

今までの不安が一気に解けた遊は、顔をゆがめ、声を殺して泣いていた。

要士は、そんな遊の頬に手を置き、髪をくしゃくしゃとなでる。

「バカだな。一人でだまって悩んでたのか？　おまえは俺の息子だよ。俺の大事なたった一人の息子だ。いや、不安にさせた俺たちのほうが悪かったんだな。」

遊の目からは、あとからあとから涙があふれた。

光希の胸には、まだ少し不安な気持ちが残っていた。

この家に引っ越してきた日に、留美から「遊くんを好きになっちゃダメ」と言われたことを思い出したのだ。

その言葉がずっと心のどこかにひっかかっていたせいか、ちゃんとした答えをもらうまでは安心できない。

「ママが遊を好きになっちゃダメって言ったのはどうして……？」

すると、留美があっけらかんと答える。

「ああ、そういえばそんなことを言ったわね。あれは、光希がイケメンの遊くんを好きになっても、どうせフラれると思ったからよ。娘の失恋を見るのはしのびないもの」

「……じゃあ私、遊を好きでいていいのね？」

光希は、おそるおそる問いかけた。

光希と遊は、じっと両親たちを見つめて、返事を待つ。

「もちろんよ。私たちが迷ってたどり着いたことなんて気にしないで、二人は二人で新しい家庭を作りなさい」

それを聞いて、光希と遊はよろこびに満ちた瞳で見つめあう。

それからしっかりと抱きあった。


もうだれにも邪魔されることはない。

不安に思うこともない。

堂々と、おたがいのことを好きでいられる——。

仁と要士が「あー、なにやってんだよ、親の目の前で」だとか、「こら、離れろ！」だとか笑っている。

「うるさい。父さんたちに言われたくないよ」
遊はすねるように言って、また光希を抱きしめた。
そして、六人はテーブルを囲む。
ランチのメニューは、ホワイトシチュー、サラダ、パン。
それからママレード。
家族みんなのささやかな食事は、どんなごちそうよりもおいしかった。

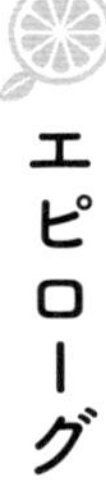

エピローグ

二人は教会の前に立っている。

歩いている途中で見つけた、見知らぬ教会だ。


ドアを開けて、中をのぞく。

「大丈夫？　だまって入って」

光希がささやくと、遊が目を細める。

「神様は許してくれるよ」

二人は静まりかえった礼拝堂の中を歩き、席に座る。

ステンドグラスから外の光が入り、二人を照らした。

「ねえ。私たちが出会ったのは偶然だと思う？」

突然の質問に、遊はびっくりしたような顔をする。

光希はやわらかく微笑んだ。

「私は、ね、私と遊が生まれた時から決まってたんだと思うの。」


二人の両親は、ちょっと変わっている。

常識はずれで、いつも光希と遊をふりまわす。

だけど、そんな両親のことが好きだった。

あの両親でなければ、光希も遊も、この世界に生まれてこなかったのだ。


「俺たちの両親が出会ったのも、俺たちがいっしょにいるのも、きっとみんな決まってたんだ」

「私、パパとママの子に生まれてよかった」

「俺も」

光希は、となりに座る遊を見つめた。
「私、遊に出会えてよかった」
二人の顔に、自然と微笑みがこぼれた。
ゆっくりとキスをする。
この世界は、ちょっとほろ苦いけれど、すばらしい。
今、二人の胸は、幸せでいっぱいだった。

おわり

テッテー検証！

なぜ遊は光希と血がつながっていると勘ちがいしたのか!?

すべてはココからはじまった！

その1 ある日遊は、おばあちゃんがお父さんにあてた手紙を発見！

勘ちがい①

そこには、「前の恋人との赤ちゃんがいる女性と結婚」と書かれていた。もしかして、父親はちがう人!? とショックをうける。

その2 父親探し開始！ もしかして、三輪由充が俺の……!?

勘ちがい②

母・千弥子が、若いころに秘書をしていた相手の三輪由充にたどりつく。由充の息子・悟史の調べともがっちし、確信を抱く。

その3 父親探しはふりだしに……だけど光希と両想いになって幸せいっぱい！

千弥子のお腹にいた子は、大学生時代につきあっていた相手の子……。結局自分の父親がわからなく、心が折れそうな遊を支えたのは光希だった。

その4 たまたま両親の大学生時代の写真を発見！

勘ちがい③

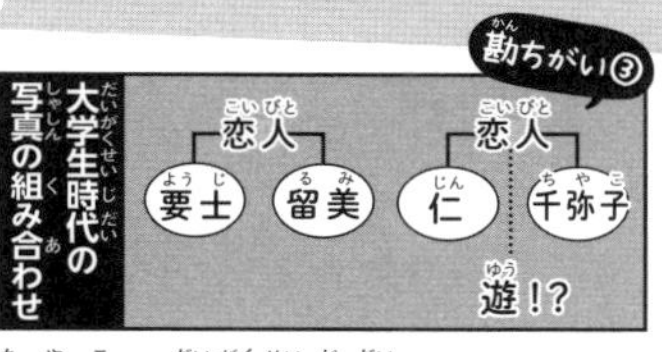

千弥子が大学生時代につきあっていた相手は、光希の父親である仁だった!? ……ということは、遊の本当の父親は仁で、光希と血がつながっている!?

その5 実は、おばあちゃんが書いていた“赤ちゃん”は遊のことではなかった!!

事実はこちら

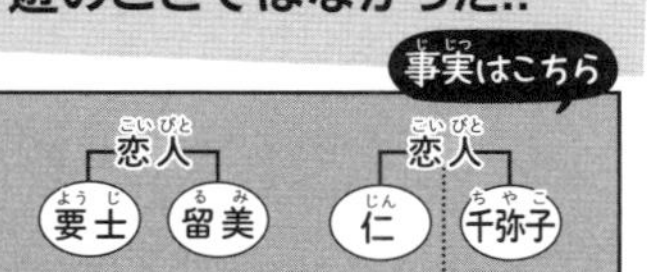

つまり

遊は、要士と千弥子が結婚してからできた子だった！

この本は、映画『ママレード・ボーイ』（二〇一八年四月公開）をもとにノベライズしたものです。

また、映画『ママレード・ボーイ』は、集英社文庫〈コミック版〉『ママレード・ボーイ』（吉住 渉／集英社）を原作として映画化されました。

ママレード・ボーイ

映画ノベライズ みらい文庫版

吉住 渉 原作

はのまきみ 著

浅野妙子 廣木隆一 脚本

ファンレターのあて先
〒101-8050 東京都千代田区一ツ橋2-5-10 集英社みらい文庫編集部
いただいたお便りは編集部から先生におわたしいたします。

2018年3月28日 第1刷発行

発行者 北畠輝幸
発行所 株式会社 集英社
〒101-8050 東京都千代田区一ツ橋2-5-10
電話 編集部 03-3230-6246
読者係 03-3230-6080
販売部 03-3230-6393（書店専用）
http://miraibunko.jp
装丁 中島由佳理
印刷 大日本印刷株式会社 凸版印刷株式会社
製本 大日本印刷株式会社

★この作品はフィクションです。実在の人物・団体・事件などにはいっさい関係ありません。
ISBN978-4-08-321428-8 C8293 N.D.C.913 168P 18cm

それは、ある日突然
両親の離婚宣言からはじまった……

両親の離婚・再婚、
さらに**みんなで同居!?**

ハチャメチャな両親Sの考えについていけない小石川光希・16歳

しかも、再婚相手の一人息子で
同い年の**松浦遊**は、
同じ学校に転校してきて……

家でも外でも振りまわされる日々

先パイ、出会って2度目で「つきあってくれないかな？」って、この展開、急すぎません――!?
4月27日(金)発売！
第5回集英社みらい文庫大賞優秀賞受賞者の、みらい文庫デビュー作!!

神戸遥真・作　木乃ひのき・絵

自分に自信のない中１のヒナ。１年１組、おまけに藍内なんて名字のせいで、入学式の新入生代表あいさつをやることになっちゃった。当日、心臓バクバクで練習していたら、放送部のイケメン・五十嵐先パイが通りがかり——？　その出会いからわずか数日後、ヒナは五十嵐先パイから、とつぜん告白されちゃって……??

からのお知らせ
渚くんをお兄ちゃんとは呼ばない
～ありえない告白～
夜野せせり・作
森乃なっぱ・絵
好きな人は学校1のモテ男子で、
きょうだい!?

集英社みらい文庫

パパの再婚で、あたし・鳴沢千歌
（まんが好きの地味女子）は
モテ男子・高坂渚ときょうだいに
なってしまった!!　イジワルだけど
やさしいところもある渚くんを、

あたしは好きになってしまったの。
そんなある日、
あたしはまんが部の原口先輩から
“ワケアリ”の告白を
されてしまって!?

第1巻
『渚くんをお兄ちゃんとは呼ばない～ひみつの片思い～』

第2巻
『渚くんをお兄ちゃんとは呼ばない～ありえない告白～』

大人気発売中!!

「みらい文庫」読者のみなさんへ

言葉を学ぶ、感性を磨く、創造力を育む……、読書は「人間力」を高めるために欠かせません。
たった一枚のページをめくる向こう側に、未知の世界、ドキドキのみらいが無限に広がっている。
これこそが「本」だけが持っているパワーです。

学校の朝の読書に、休み時間に、放課後に……。いつでも、どこでも、すぐに続きを読みたくなるような、魅力に溢れる本をたくさん揃えていきたい。読書がくれる、心がきらきらしたり胸がきゅんとする瞬間を体験してほしい、楽しんでほしい。みらいの日本、そして世界を担うみなさんが、やがて大人になった時、「読書の魅力を初めて知った本」「自分のおこづかいで初めて買った一冊」と思い出してくれるような作品を一所懸命、大切に創っていきたい。

そんないっぱいの想いを込めながら、作家の先生方と一緒に、私たちは素敵な本作りを続けていきます。「みらい文庫」は、無限の宇宙に浮かぶ星のように、夢をたたえ輝きながら、次々と新しく生まれ続けます。

本を持つ、その手の中に、ドキドキするみらい――。
本の宇宙から、自分だけの健やかな空想力を育て、〝みらいの星〟をたくさん見つけてください。
そして、大切なこと、大切な人をきちんと守る、強くて、やさしい大人になってくれることを心から願っています。

2011年 春

集英社みらい文庫編集部